»Manche Gedichte in diesem Buch sind absurd, die kommen der Wahrheit am nächsten. Man schreibt sie nicht absichtlich, sie werden einem eingeflüstert, sind also unbeabsichtigte Gedichte.« Die unbeabsichtigten Gedichte von Georg Kreisler haben es in sich. Scheinbar leichthin und beschwingt geschrieben, verweisen sie auf Abgründe und Absonderlichkeiten. Der Dichter ordnet die Welt, indem er sie erfindet. Er erfindet sie, um sie vorzeigen zu können. Kreisler erweist sich in diesem, seinem ersten ausschließlichen Lyrikband als ein ebenso hellsichtiger wie subtiler Dichter. »Hüte dich vor Kompromissen! / Das sind keine Leckerbissen. // Meide jede Konzilianz, / denn die nagt an der Substanz.«

Georg Kreisler wurde 1922 in Wien geboren und musste 1938 in die USA emigrieren. Seither ist er amerikanischer Staatsbürger. Er feiert seit den fünfziger Jahren große Erfolge als Autor, Komponist und Sänger von makaberen Chansons, seit 2001 tritt er allerdings nicht mehr als Interpret der eigenen Songs auf. Er veröffentlichte außerdem zahlreiche Theaterstücke, Opern, Romane, Satiren und Essays. 2004 erhielt er den Richard-Schönfeld-Preis für literarische Satire. 2009 erschien seine Autobiographie »Letzte Lieder«, im selben Jahr wurde seine Oper »Das Aquarium oder: Die Stimme der Vernunft« uraufgeführt. Georg Kreisler lebt mit seiner Ehefrau Barbara Peters in Salzburg.

ZUFÄLLIG IN SAN FRANCISCO

Unbeabsichtigte Gedichte
von Georg Kreisler

VERBRECHER VERLAG

Zweite Auflage
Verbrecher Verlag Berlin 2010
www.verbrecherei.de

Einbandentwurf: Sarah Lamparter
Einbandgrafik: Oliver Grajewski
Satz: Christian Walter

ISBN: 978-3-940426-46-8

Printed in Germany

Der Verlag dankt Vincent Exner und Doris Formanek.

Inhalt

GEDICHTE II

Vorwort

Manche Gedichte in diesem Buch sind absurd, die kommen der Wahrheit am nächsten. Man schreibt sie nicht absichtlich, sie werden einem eingeflüstert, sind also unbeabsichtigte Gedichte. Ich fange jeden Morgen an zu dichten und höre erst abends damit auf, das heißt: Ich werfe das Gedichtete in den Papierkorb, und falls der Papierkorb schon voll ist, lege ich es statt dessen in eine Schublade und vergesse es. Dann kommt es, ebenfalls unbeabsichtigt, in ein Buch wie dieses.

Einem Gedicht muß man gehorchen, während man es schreibt, denn in einem halbwegs guten Gedicht ist alles wahr, auch das Gegenteil. Man kann einem Gedicht gleichgültig gegenüberstehen, aber das Gedicht selbst ist dir gegenüber nie gleichgültig, es fordert dich heraus. Meine Gedichte sind aber nicht nur unbeabsichtigt, sie sind auch verbesserungsbedürftig, wie jedes Gedicht. Wer ein Gedicht schreibt, darf nicht sterben, denn er muß seine Gedichte immer weiter verbessern.

Viele Leute meinen, daß vor allem unsere Welt verbesserungsbedürftig ist und daß Gedichte lediglich ihren Teil beitragen können. Aber jeder Dichter weiß, daß er nichts beitragen kann, er kann höchstens seine Gedichte verbessern, nicht die Welt, denn die Welt ändert sich nicht durch Nachdenken, sondern durch Taten. Allerdings, wer Taten vollbringen will, um die Welt zu verbessern, muß verrückt sein, zum Beispiel:

Wozu wollte Napoleon die Welt erobern? Was hätte es ihm genützt, wenn er erfolgreich gewesen wäre? Er hätte nachdenken sollen, damit hätte er Erfolg haben können. Phantasie ist gesund, und Napoleon war verrückt.

Gelegentlich muß man gegen seinen Willen tätig werden, um intelligenten Verrückten wie Napoleon das Handwerk zu legen, darauf weise ich auch in einigen meiner Gedichte hin. Wer aber unnötigerweise tätig wird, um Abenteuer zu suchen, ist auf einem der vielen Holzwege. Napoleon steht heute unkommentiert in den Geschichtsbüchern, es hat ihn leider gegeben, das ist alles. Aber über Nachdenker wie Nietzsche zerbricht man sich noch immer den Kopf. Die haben überlebt und werden noch lange überleben, um uns zu begeistern.

Dichter überleben heutzutage nur selten. Shakespeare, zum Beispiel, war tot in dem Moment, in dem jugendliche Regisseure ihre schmutzigen Hände nach ihm ausstreckten. Goethes Tod ist noch nicht amtlich bescheinigt, aber es kann nicht mehr lange dauern. Einige Komponisten wie Mozart oder Gershwin überleben, aber die meisten toten Überlebenden sind Architekten, denn Pyramiden oder Kathedralen sind schwer zu zerstören.

Mir tut jedes Gedicht, das ich geschrieben habe, ein bißchen leid, denn nichts wird so unhöflich abgefertigt wie ein Gedicht. Längere werden nicht zu Ende gelesen, kurze liest man naserümpfend von oben herab, und wenn die Zeilen sich reimen, hält man sie für Kinderlektüre. Aber Kinder lesen heute nicht mehr, sondern überlegen, ob sie Verbrecher werden sollen oder nicht. Was generell übersehen wird, ist, daß ein gutes Gedicht unter anderem schön ist, manchmal so schön, daß es weh tut. Kein Gedicht ist eine Insel. Wir leben in einer Welt von »du oder ich«, und ein Gedicht heißt: Beide. Aber ich muß mich nicht rechtfertigen, denn es sind ja unbeabsichtigte Gedichte.

Einige Worte über meine Reime: Der Wiener Journalist Karl Kraus, dem in Wien noch heute nachgeweint wird, aber nur in Wien, wo er 1936 starb, hat in seiner grenzenlosen Eitelkeit und Selbstüberschätzung auch fragwürdige Gedichte geschrieben. Interessant ist nur, daß er gleichzeitig versucht hat, sich wissenschaftlich über das Phänomen des Reims auszulassen. Nun weiß ich nicht, ob es einem Sprachwissenschaftler je gelungen ist, aus dem Mythos »Reim« eine Wissenschaft herauszukristallisieren, Karl Kraus ist es deutlich nicht gelungen, aber aus seinen Fehlern kann man lernen. So polemisiert er gegen den sogenannten »reinen Reim« und meint, daß jeder Reim Widerstände überwinden sollte. Also beginnt er eines seiner Gedichte mit den Worten: »Man frage nicht, was all die Zeit ich machte«, damit es sich auf »krachte« reimt, das meint er wahrscheinlich mit »Widerstände überwinden«. Er opfert die Schönheit der Sprache – »was all die Zeit ich machte« ist ein gräßlicher Satz – um zu einem Reim zu kommen. Aber ein guter Reim muß auf natürliche Weise zustandekommen, ohne irgendwelche Satz- oder Wortverdrehungen, also ohne Widerstände.

Übrigens hat Karl Kraus sogar ein Gedicht über den Reim geschrieben, in dem er sich ebenfalls widerspricht:

> … was in des Wortglücks Augenblick,
> nicht aus Geschick, nur durch Geschick
> da ist und was von selbst gelingt
> aus Mutterschaft der Sprache springt:
> das ist der Reim. Nicht, was euch singt.

Hier sagt er also, was von selbst gelingt, ist richtig, und faselt nicht mehr von Widerstand. An diesem Zitat merkt man auch, daß Kraus kein guter Dichter war, denn was ist der »Augenblick eines Wortglücks«? Was er meint, ist natürlich der glückliche Augenblick, in dem einem Dichter das richtige Wort einfällt. »Wortglück« ist falsch, denn das Wort ist ja nicht glücklich, sondern der Dichter oder, wenn man will, der Augenblick, wie bei »Mutterglück«.

Auch die zweite Zeile ist ungeschickt formuliert, denn das Wort »Geschick« hat zwei Bedeutungen, Schicksal und Geschicklichkeit. Kraus sagt aber nicht, wo er welche Bedeutung meint. Meint er »nicht aus Geschicklichkeit, sondern durch Schicksal« oder meint er es umgekehrt? Auch »Mutterschaft der Sprache« ist eine unglückliche Formulierung, und was er mit dem Satz »nicht, was euch singt« meint, ist unerfindlich. Nein, der Reim bleibt, wie gesagt, ein Mythos.

Genug von Karl Kraus! Ich glaube, in Wien erinnert man sich seiner nur aus Sentimentalität. Er war eine Modeerscheinung, die Staub aufgewirbelt hat, hat einige Menschen gerechterweise und viele ungerechterweise erbarmungslos kritisiert und erniedrigt und dadurch einerseits Ärger, andererseits Schadenfreude verursacht, also viel Unheil angerichtet. Was man von ihm weiß, wüßte man besser ohne ihn.

Ein Gedicht, wenn es nicht ausgerechnet von Karl Kraus ist, ist eine rundherum glückliche Sache, außer für den Dichter. Die meisten Leute glauben zu wissen, was sie sich wünschen, dabei wünschen sie sich nur, was man ihnen einredet, ein Gedicht hingegen will nichts vom Leser, ein Gedicht muß der Mensch lesen wollen, über ein Gedicht muß er nachdenken wollen. Und auch der Dichter will über sein Gedicht grübeln, vor allem über die Frage, ob er es wegwerfen oder behalten will. Beides würde er ja bereuen. Der Leser bereut nichts, das ist nicht wie bei einer Oper, bei der man bereut, drei Stunden verschwendet zu haben.

Ein gewisser Max Beerbohm – leider nicht ich – hat gesagt: »Wenn man ein Schaf auf zwei Beine stellt, ist es deswegen kein Mensch. Aber wenn man eine ganze Schafherde auf zwei Beine stellt, ist es ein Publikum.« Das ist nicht nur komisch, sondern auch richtig, aber ein Gedicht wird nicht vom Publikum gelesen, sondern von einzelnen Menschen. Ein einzelner Mensch schaut in meine Seele und kann sich dazu Zeit nehmen. Und auch ich schaue in seine Seele, denn ich richte meine Gedichte an ihn, nicht ans Publikum. Das Publikum ist grausam, fast so grausam wie ein Literaturkritiker, wobei ein Publikum, im Gegensatz zum Kritiker, intelligent ist. (Wohl kann auch ein Kritiker intelligent sein, aber nicht, während er seine Kritik schreibt.) Der einzelne Leser ist nicht grausam, wenn man ihn nicht dazu verführt.

Es gibt Menschen, die sind bettelarm und merken es nicht, die sind auch Dichter, und es gibt Menschen, die sind steinreich und merken es nicht, und auch die sind Dichter. Denn um ein Dichter zu sein, muß man keine Gedichte schreiben, man muß sie nur spüren. Wer tatsächlich Gedichte schreiben will, muß das Handwerk beherrschen und darf kein Patriot sein. Er darf nie mit gutem Beispiel vorangehen, sondern nur zurück. Er sollte niemandem etwas befehlen und niemandem gehorchen. Er sollte so wenig Erfahrung haben wie möglich, Kinder wären gute Dichter, wenn sie keine Kinder wären. Er sollte Fehler machen, denn wer keine Fehler macht, macht auch sonst nichts, kurz, dichten ist so gut wie unmöglich. Aber Gedichte lesen kann man.

Die meisten Dichter nimmt man erst ernst, wenn man ihre

Gedichte auswendig kann und sie gelegentlich zitiert. Dann kann ein Gedicht Folgen haben, so ähnlich wie der Apfel, den Eva Adam schenkte: Es kann aus Lesern Menschen machen. Ich kann mir vorstellen, daß es auf anderen bewohnbaren Planeten keine Dichter gibt, daß also dichten ein Privileg der Erde ist. Sollten wir auf einem fremden Planeten landen, würden wir auch nicht nach Dichtern suchen, sondern nach Wasser, Waffen und Warenhäusern. Auf unserem Planeten beschäftigen sich statt dessen Wissenschaftler mit Tatsachen, die keine sind, und Dichter beschäftigen sich mit Wissenschaftlern, die keine sind. Dichten hat sicher Gründe, aber ich kenne sie nicht.

Deutsche Gedichte sind immer wieder vertont worden, aber zum Beispiel in Amerika, dem Land meiner Anfänge, geschieht das selten. Dort schreibt man entweder ein Gedicht oder einen Liedertext, man ist poet oder lyricist. Glückliches Amerika, denn einem guten Gedicht ist nichts hinzuzufügen, und wenn man es trotzdem vertont, leidet es. Geniale Komponisten wie Schubert oder Schumann haben sich darum nicht gekümmert, sie waren vom Gedicht inspiriert und schrieben drauf los. Vertont man ein schwaches Gedicht mit guter Musik, dann stört der Text, wie zum Beispiel bei Schuberts Lied vom Lindenbaum. Würde man da nur Schuberts Musik spielen, wäre es schöner. Gute Lieder sind seltene Glücksfälle, so ähnlich wie gute Politiker.

Schlechte Politiker können gefährlicher werden als gute. Ein schlechter Politiker hält seine Phantasie für falsch, und das kann schlimme Folgen haben. Ohne Phantasie hätten wir keine Musik, und wer seine Häuser nicht auf Sand baut, der baut überhaupt keine Häuser. In der Politik spricht man manchmal von Visionen, aber da sie unsichtbar sind, wendet man ihnen den Rücken zu, und auch wenn einer von seinen Visionen spricht, glaubt er nicht, was er sagt, er glaubt höchstens seinem Redenschreiber. Phantasie ist eng an Inspiration gebunden, und ein Politiker braucht keine Inspiration, außer um einen Konkurrenten zu beseitigen. Es gibt keine größeren Gegensätze als Politiker und Dichter, und wenn man entdeckt, daß beide Menschen sind, fragt man sich, ob der liebe Gott das weiß.

Ich merke: Wenn man ein Vorwort schreibt, besteht die Gefahr, daß man sich in Spekulationen verirrt. Man versucht, Gerechtigkeit walten zu lassen, aber Gerechtigkeit gibt es nicht, es gibt nur Meinungen. Da ich jeden Tag irgendetwas Neues erfahre, was soll da meine Meinung? Wie drücke ich sie aus, wenn ich nicht weiß, ob ich sie nicht morgen ändern muß? Sprache ist bekanntlich der größte Feind der Realität, und neue Erfahrungen gleichen oft alten Erfahrungen, die man bisher anders interpretiert hat. Das alles soll ein Gedicht sein?

Humor ist eine Ausnahme, ich weiß nur nicht wovon. Vor allem muß man Zeit dazu haben. Wer arbeitet, lacht selten, das gilt vor allem für professionelle Humoristen. Humoristische Gedichte sind eigentlich ein Widerspruch in sich, denn in Gedichten legt man sich bloß, und Humor ist eher eine Art von Rüstung gegen den Ernst. Zeit für Humor zu haben, nützt nichts, wenn man zum Beispiel seinen Urlaub in Hotels mit Animation verbringt. Animation ist der beste Beweis für den Ernst des Lebens.

Liedertexte sind mit Gedichten nicht zu vergleichen, auch wenn die Verfasser manchmal so tun als ob. Sie kommen anders zustande, denn man geht von der Musik aus, ob sie schon komponiert ist oder nicht, Gedichte gehen vom Dichter aus.

Liedertexte haben nie etwas mit Liebe zu tun, auch wenn der Text von Liebe handelt, bestenfalls, denn selten geht dann Liebe von der Musik aus. In guten Gedichten, hingegen, geht es immer nur um Liebe, auch wenn die Gedichte an der Oberfläche nichts mit Liebe zu tun haben. Deswegen schreiben Verliebte oft schlechte Gedichte. Das Streben, sich auszudrücken, hat eben verschiedene Gründe.

Apropos, ich hoffe, ich drücke mich hier klar aus. Wenn nicht, macht es auch nichts, denn dann treiben meine Gedichte die Unklarheit so weit, daß alles klar wird. Extreme Krankheiten brauchen extreme Heilmittel, hat Hippokrates gesagt, und wenn jemand nicht merkt, daß ich fühle, was ich meine, hat er eine extreme Krankheit. Wenn man genügend viele Gedichte liest, sind die meisten Krankheiten am nächsten Morgen besser. Dann braucht man keinen Arzt, denn Ärzte sind schlechte Heilmittel. Gedichte sind das, was der Musik am nächsten kommt, also der Versuch, etwas auszudrücken, was sich nicht ausdrücken läßt.

Gedichte sollten zum Leser nach Hause kommen, bei ihm Platz nehmen, mit ihm frühstücken, aber heutzutage laden die Leute lieber ihre Bank zum Frühstück ein. Sie meinen, das sei notwendig, aber Notwendigkeit ist oft nur eine faule Ausrede, auch für Banken. Für mich ist es manchmal notwendig, ein Gedicht zu schreiben, aber wenn ich es dann nicht tue, geschieht gar nichts, und wenn man seine Bank immer mit sich führt oder nach Hause einlädt, hat es auch keine Folgen. Es hängt davon ab, ob man ein Optimist oder ein Pessimist ist, beide haben Unrecht, weil sie versuchen, in die Zukunft zu schauen, und recht hat, wer die Gegenwart genießt.

Was die Zukunft betrifft, kann man Gedichte mit dem

Chaos vergleichen, denn Chaos ist die Gegenwart und die Zukunft. In der Vergangenheit ist alles in Ordnung. Chaos ist originell, es kann nicht kopiert werden, denn jedes Chaos ist anders. Ordnung ist immer dasselbe, und ein ordentliches Gedicht ist nicht ordentlich. In anderen Worten: Ein Gedicht ist ein Mensch, ist Chaos. Es hat Sorgen, Humor und eine Seele. Es vergißt seine Eltern nicht, und eines Tages stirbt es. Manche sterben jung, andere werden hunderte Jahre alt, und natürlich gibt es jede Menge Fehlgeburten.

Kein Mensch weiß, wo er ist und warum, außer von seinem persönlichen Standpunkt aus. Er kann seinen Standpunkt einem anderen Menschen mitteilen, und beide können dann behaupten, daß sie einander verstehen, aber ich bezweifle das. Wenn ich es glaubte, würde ich keine Gedichte schreiben. Die Behauptung »ich bin jetzt in meiner Wohnung« impliziert unzählige Nebenbehauptungen, etwa die Möblierung der Wohnung, wie lange man sie schon hat, vielleicht sogar die Kindheit mit allem, was dazugehört, und eben das sind die Gedichte, sie sind die Nebenbehauptungen der Behauptung. Sie sind, was der andere nicht verstanden hat. Ein gutes Gedicht besteht aus lauter Nebenbehauptungen, und weil diese Nebenbehauptungen weitere Nebenbehauptungen enthalten, ist jedes Gedicht verbesserungsbedürftig. Vor Gedichten müßte man eigentlich warnen, andererseits sind Gedichte unsere wunderschöne Welt. Wenn man ehrlich wäre und die nötige Zeit hätte, müßte man immer weiterschauen und weiterdichten.

Genau genommen, bedeutet also ein Gedicht gar nichts, weil es die wesentliche Behauptung ausläßt. Es öffnet die Tür zu einer Welt, in die man lieber nicht übersiedeln möchte, aber wenn man klug ist, geht man hinein und läßt das Gedicht siegen. Der Dichter selbst siegt nie, er hat die Macht, ein Gedicht zu schreiben, aber sonst keine, will meistens auch keine. Ich, zum Beispiel, bereue alles, was ich je geschrieben habe. Das mag dem Leser seltsam vorkommen, aber es ist so.

Warum schreibe ich überhaupt, werde ich oft gefragt, und dann antworte ich: Wenn man einmal angefangen hat, hört man nicht mehr auf. Und warum habe ich angefangen? Teilweise, weil ich auf mich neugierig war, und teilweise, weil man beim Schreiben mit einer Welt in Verbindung tritt, die man vorher nicht kannte. Allerdings tritt man mit dieser Welt erst in Verbindung, wenn man das Handwerk des Schreibens beherrscht, und das Handwerk ist nicht leicht, vor allem weil es keine Lehrer gibt.

Aber die Hauptsache ist: Schreiben bereut man, es ist eine masochistische Tätigkeit. Franz Kafka verfügte, daß man seine Werke nach seinem Tod verbrennen möge. Sein Freund Max Brod tat uns den Gefallen, dies nicht zu tun. So weit wie Kafka würde ich nicht gehen, wer weiß, wie ich mich nach meinem Tod fühlen werde, aber ich kann ihn verstehen. Die ständige Unzufriedenheit mit dem eigenen Geschreibsel ist schwer zu ertragen, so unzufrieden mit seiner Arbeit ist kein Rechtsanwalt, kein Arzt, kein Maurer, kein Tischler. Deswegen berührt mich auch keine schlechte Kritik, die Kritiker haben ja recht, wenn auch aus falschen Gründen, sage ich mir. Eine gute Kritik berührt mich natürlich auch nicht, denn da hat der Kritiker Unrecht.

Reue ist etwas anderes als bloße Erinnerung. Wenn ich tot bin, werden manche Leute schlechte Erinnerungen an mich haben, aber bereuen wird mich niemand. Mußte er unbedingt dichten? werden manche, vielleicht noch zu meinen

Lebzeiten, fragen. Das ist der Jammer mit Dichtern, sie resignieren nicht, sie dichten weiter, und eine Revolution ist nirgends in Sicht. Beim Liederschreiben ist das anders, obwohl ich auch meine Lieder bereue. Ich bereue alles. Ich weiß, auch Wissenschaftlern bleiben Enttäuschungen nicht erspart, aber sie werden wenigstens gedruckt, ohne die Zeitungskritiker verachten zu müssen, sie können sich wichtig fühlen, man gibt ihnen Labors, stellt ihnen Assistenten zur Seite, und es gibt viele Rätsel in der Welt, mit denen sie sich beschäftigen können. Der Dichter hat nur ein Rätsel: Sich selbst.

Während man ein Gedicht zu Papier bringt, ist man allein und, ganz ähnlich, wenn man verfolgt wird, ins Exil geht oder träumt, ist man allein. Ich erinnere mich genau an die Zeit, als ich ins Exil ging und bis heute dort blieb. Das sind siebzig Jahre Exil, wer macht mir das nach? Exil darf man nicht mit Einsamkeit verwechseln, Einsamkeit ist traurig, man vermißt Freunde, Menschen, Geselligkeit. Im Exil sind Freunde, Menschen, Geselligkeit tot, sie kommen nie wieder, und selbst wenn sie wiederkommen, sind es andere. Exil ist nicht traurig, sondern definitiv.

Ich erinnere mich, daß meine Eltern und ich an der Schiffsreling standen und träumten. Es war ein langsames Schiff von Genua nach Los Angeles mit vielen Zwischenstationen, 35 Tage lang. Ich war sechzehn Jahre alt und träumte neugierig, mein Vater war 54 Jahre alt und träumte von seinem für immer verlorenen Leben. Meine Mutter versuchte zu träumen, was mein Vater träumte.

Keiner von uns dachte an eine Rückkehr. Wir wußten auch nicht, daß eine Rückkehr unser Exil nur bekräftigen würde, denn eine Rückkehr ist erst recht Exil. Ein Heimatloser hat keine Heimat, aber ein Exilant glaubt, eine zu haben. Er hat nicht mit denjenigen gerechnet, die in der sogenannten Heimat geblieben sind. Er weiß nicht, daß die Seßhaften auch keine Heimat haben, aber meinen, sie verteidigen zu müssen, vor allem gegen den zurückgekehrten Exilanten, der für sie ein Fremder geworden ist. Sie sagen dann entweder »ich bin stolz, ein Deutscher zu sein« oder sie sagen »ich schäme mich, ein Deutscher zu sein«, beides sinnlos aus Gründen, auf die ich hier nicht eingehen muß. Sie sind auch vorläufig nicht aus der Welt zu schaffen.

Heimat ist eine schlechte Gewohnheit. Ein Kulturkreis, in den man hineingeboren wird, ist grundsätzlich etwas anderes, aber sich des Kulturkreises zu schämen oder stolz auf ihn zu sein, ist Unsinn. Es ist ganz leicht, einem Kulturkreis anzugehören, es ist nur schwer, wenn er einem gewaltsam entzogen wird. Meiner wurde mir vor siebzig Jahren entzogen, und ich habe versucht, wieder hineinzukommen, aber es ist mir nicht gelungen. Das sollte man bei meinen Gedichten berücksichtigen.

Ich bedaure das nicht und will auch nicht deswegen bedauert werden. Ein starker Mensch ist stark, und ein schwacher Mensch ist schwach, beides kein Kunststück, nicht zu bedauern, und so ist es auch mit Exilanten. Die Zeit geht über sie hinweg, sie schreiben Gedichte oder sie komponieren oder malen Bilder, entweder um sie zu verkaufen oder nur in ihren Gedanken. Um acht Uhr früh ist alles zu spät.

GEDICHTE I

Der Anfang

Ich bin jetzt alt
und sterbe bald.
Die Behörden können mir nichts mehr tun.
Denn ich bin reif
und wanke steif
ins Irgendwo, mich auszuruhn.

Aus eins mach keins!
Zwar Goethe meint's
ganz anders, doch ich bleib dabei.
Aus null mach acht!
Aus Tag mach Nacht!
Ich bin erlöst und pflichtenfrei.

Mein Leben war
mir nie ganz klar.
Ich bin der Sprößling einer Sphinx
und muß jetzt wen
besuchen gehn
und schließ die Augen rechts und links.

Erinnerung

Wie war das nur?
Ich weiß nicht mehr.
Auf Rädern fuhr
man hin und her.
Aus einem Blitz
erschien ein Schrei,
und die Justiz
war auch dabei.
das Licht war scharf
und sehr massiv.
Die Tochter warf
mir einen Brief.
Die Messer zuck-
ten durch den Ort,
und unter Druck
schrieb ich ein Wort.
Das Wort war lang
und kreuz und quer.
Mir war so bang
und pubertär.
Und als ich las:
»Im Monat Mai –«

war es aus Glas
und sprang entzwei.
Aus einem See
kam eine Frau
im Negligé
und sagte: »Au!«
Und als ich frug:
»Was ist mein Lohn?«
rief sie: »Betrug!«
und flog davon.
Das war so dumm,
ich unterbrach
und kehrte um
und flog ihr nach …

Wehret den Anfängen

Als der große schwarze Bär
kam den Rhein geschwommen,
staunte ich nicht allzu sehr
und hab's hingenommen.

Manche Leute schrien hurra,
doch die meisten waren
still und stumm und tralala,
wie seit vielen Jahren.

Zahm und zart und blind und taub
drehte man die Däumchen,
fiel zu Boden, wie das Laub
von den deutschen Bäumchen.

Auch der schwarze Bär war ganz
wohlgemut und heiter,
fraß nur rasch den kleinen Franz
und dann schwamm er weiter.

Als der schwarze Elefant
kam den Rhein geschwommen,
dachte ich: Wie interessant!
Und ich ließ ihn kommen.

Wieder sah man keinen Grund,
sich darum zu kümmern.
Alle hielten brav den Mund,
wollten nichts verschlimmern.

Und der schwarze Elefant
war entspannt und träge,
fraß den kleinen Ferdinand,
schwamm dann seiner Wege.

Als das schwarze Krokodil
kam den Rhein geschwommen,
da gefiel mir sein Profil
und ich rief: Willkommen!

Doch als es zum Fressen schritt,
diesmal Klein Gerlinde,
schrie das Volk: Jetzt Schluß damit!
Krokodil, verschwinde!

Und man schlug das Krokodil,
wollte es zerreißen,
doch das brachte nicht sehr viel.
Krokodile beißen.

Erst biß es den Hans ins Knie,
in den Kopf die Else,
und den Knut und die Sophie
biß es in die Hälse.

Dann verlor es jedes Maß,
tobte seine Wut aus,
und es fraß und fraß und fraß.
Ja, das ging nicht gut aus.

Der Regisseur

Wenn ein Reh auf eine Lichtung tritt,
dann trittst du unwillkürlich mit.
Gut, es muß nicht unbedingt ein Reh sein,
es kann auch jemand aus einem Varieté sein,
der so tut, als wäre er ein Reh oder ein Hase.
Jedenfalls brauchst du dazu eine Nase
und riechst das und trittst auch auf die Lichtung.
Dadurch kriegt das Ganze eine völlig andere Richtung.

Du verstehst mich nicht? Wer führt hier Regie?
Du oder ich? Bitte keine Hysterie!
Tu, was ich sage! Sei ein Reh auf der Lichtung!
Symbolisch! Das ist der Sinn dieser Dichtung.
Die Lichtung ist ein großer Schritt für ein Reh,
vielleicht ein Fehler – ich hab keine Idee,
aber das mußt du spielen. Du willst doch Schauspielerin sein.
Spiel ein Reh! Oder meinetwegen ein Schwein,
aber spiel irgendwas! Steh nicht herum wie ein Pfahl!
Ich geb's auf. Geh nach Haus! Wir versuchen's morgen nochmal.

Der Herr Professor Kritiker

Eine Landschaft, sprach der Herr Professor,
sagt mir gar nichts. Denn ich weiß es besser.
Wälder, Wiesen, Berge, alles grün,
dazu muß ich meine Klugheit nicht bemühn.
Ja, im Sommer fahr ich gern ans Meer,
aber literarisch gibt das gar nichts her.

Eine Landschaft, sprach der Herr Professor,
ob das Almen sind oder Gewässer,
was soll ich bewundern? Ihren Geist?
Ich bewundere Goethe oder Kleist,
Schopenhauer oder Thomas Mann.
Aber eine Schlucht geht mich nichts an.

Eine Landschaft, sprach der Herr Professor,
und er wurde täglich etwas blässer,
eine Landschaft macht den Kohl nicht fett.
Eines Morgens lag er tot im Bett,
und somit war es ihm niemals klar,
daß er selbst ein Teil der Landschaft war.

Ablehnung

Hüte dich vor Kompromissen!
Das sind keine Leckerbissen.

Meide jede Konzilianz,
denn die nagt an der Substanz.

Wenn's der Sache ähnlich sieht,
denke an den Unterschied!

Laß dich nie auf Schlichtung ein!
Aussöhnung kann teuer sein.

Ausgespuckt und hingeschmissen
sind ein sanftes Ruhekissen.

Zwei alte Tanten tanzen Tango

Wenn zwei Tanten Tango tanzen,
sind das nicht nur zwei Emanzen.
Nein, man muß den Dichter fragen:
Was will er uns damit sagen?
Und der Dichter wird erklären:
»Meine Tanten sind in Mähren
aufgewachsen und gestorben.
Sie gehörten zu den Sorben.«

Und wenn Sie das seltsam fänden,
weil die Sorben (oder Wenden),
wie man wissen muß, in Mähren
keinesfalls zu Hause wären,
kann ich nur dafür plädieren,
Tanten nicht zu definieren.
Da gibt's viele Varianten.
Fragen Sie Ihre eigenen Tanten!

Offenbar ist alten Frauen
genealogisch nicht zu trauen.
Insbesondere alte Tanten
sind gewiefte Intriganten.
Ja, sogar auf alte Nichten
ist es ratsam zu verzichten.
Doch beim Dichter nachzufragen,
schafft das größte Unbehagen.

Die andere Backe

In jeder menschlichen Gemeinde
hat man beliebig viele Feinde.
Da ziemt es sich im vorhinein,
dem Feinde christlich zu verzeihn.

Wenn er dich hinterrücks betrügt,
nimm's hin und sag nichts, das genügt.
Erzählt er Lügen über dich,
vielleicht tut er's versehentlich.

Verklagt er dich vorm Amtsgericht,
tu einfach so, als merkst du's nicht!
Setzt er dein Hab und Gut in Brand –
wer weiß weswegen? Sei kulant!

Bespringt er heimlich deine Frau,
verzeih und nimm's nicht so genau!
Und schickt er sie dann auf den Strich,
sei höflich und bedanke dich!

Schlägt er dir gar den Kopf entzwei,
sei duldsam, huldsam und verzeih!
Egal, wozu er sich versteigt,
ein guter Christ verzeiht und schweigt.

Ins Stammbuch

Jede neue Erkenntnis kommt zu spät.
Man soll bei alten Erkenntnissen bleiben,
kann sie verniedlichen oder umschreiben
und die neuen leugnen, so lange es geht.

Mit alten Erkenntnissen geht man spazieren,
eine neue Erkenntnis ist allen peinlich.
Denn die Menschen sind intolerant und kleinlich,
und neue Erkenntnisse irritieren.

Umdenken ist ein gefährliches Wort.
Man kann es hegen, aber nicht pflegen,
sondern nur kurzfristig überlegen,
und am nächsten Morgen ist es wieder fort.

Ein Ärgernis

Ein Kritiker hat mich bezeichnet als Kabarettisten!
So etwas muß ich erst einmal übertauchen.
Ich gehöre zwar nicht zu den üblichen Perfektionisten,
aber Kabarettisten kann man so gar nicht brauchen.

Kabarettisten sind keine Künstler, sind keine Pfarrer,
sind keine Musiker, keine Politiker, keine Piloten –
Was wollen sie eigentlich? Nein, es ist niemand bizarrer
als so ein Kabarettist. Sie gehören verboten.

Gut, man kann essen und trinken in ihren Lokalen
und sich irgendwie ablenken von ihrem öden Gequatsche,
doch am Ende des Abends muß man die Rechnung bezahlen,
und man zahlte schon Eintritt, also man sitzt in der Patsche.

Die meisten Politiker sind ja von selber recht komisch.
Da brauch ich kein Kabarett. Da geh ich lieber ins Kino.
Kabarettisten bieten auch nichts anatomisch,
da lob ich mir Tänzerinnen oder die Girls im Casino.

Die haben Busen und Ärsche, da kann man sich was dabei denken.
Auch wenn es nicht in Erfüllung geht, weiß man, woran man ist.
Aber Kabarettisten kann man sich wirklich schenken.
Ein für alle Mal: Ich bin kein Kabarettist!

Einsamkeit

Da sitzt du mit Leuten an einem Tisch,
mit sympathischen menschlichen Leuten,
sie reden, sie scherzen, sie sind nicht dumm,
und du nickst und lächelst und fragst dich warum.
Was soll dieser Unsinn bedeuten?

Sie kommen aus einer fremden Welt,
das ist die Welt des Profits.
Ein Geschäftsmann mit Gattin, ein Bauingenieur,
eine Studienrätin. Und ein Chefredakteur
erzählt einen uralten Witz.

Man spricht vom Theater, von Staatspolitik,
von längst vergangenen Tagen,
genießt den Wein und die Gastlichkeit,
und doch: Deine innere Stimme schreit:
Wohin hat's mich Armen verschlagen!

Von Geld spricht man nicht, doch an Geld wird gedacht,
es liegt in der Luft, man kann's riechen.
Denn Geld ist die Liebe, die Glut, die Musik,
ist Andacht und Seele, ist Frieden und Krieg.
Und du fragst dich: Wohin kann ich kriechen?

Dann schämst du dich etwas und sagst einen Satz
und merkst, daß man dich nicht versteht.
Sie verwechseln den Buchmarkt mit Literatur.
Du wirfst einen heimlichen Blick auf die Uhr
und siehst, daß die Zeit nicht vergeht.

Ja, die Zeit läßt sich Zeit. Aber irgendwann
wirst du sagen: Sie müssen verzeihn,
es wird schon spät, gute Nacht, es war schön,
wir werden uns hoffentlich bald wieder sehn.
Und dann bist du endlich allein.

Schwache Stunden

Am Strand von San Francisco hat der Mond
bisweilen eine blütenweiße Farbe,
und wer dann zufällig in San Francisco wohnt,
den schmerzt auf einmal eine alte Narbe.

Das hängt zusammen. Denn der Mond ist blaß,
scheint über mich persönlich nachzudenken,
und mit der Zeit schmerzt mich dann noch etwas,
vielleicht im Kopf, vielleicht in den Gelenken.

Natürlich sagen nüchterne Personen,
ich red mir das nur ein, ich phantasiere,
es gäbe seltsame Assoziationen,
da kriegt man plötzlich Schmerzen in der Niere.

Das geb ich zu. Ich habe schwache Stunden,
da glaub ich fest, daß ich in San Francisco bin.
Die gehen vorbei. Dann ist der Mond verschwunden
und nimmt die Schmerzen mit, wer weiß wohin.

Der kritische Moment

Gebt acht! Es droht ein kritischer Moment.
Man weiß nicht wann, man weiß nicht wie, jedoch er droht.
Kann sein, daß irgendjemand plötzlich schreit: Es brennt!
Kann sein, man schießt, und dann sind viele Menschen tot.

Kann sein, die Welt versinkt in schwarzer Nacht für immer.
Kann sein, das Schiff, das unsre Erde ist, zerschellt.
Kann sein, er bündelt alle Menschen in ein Zimmer,
und die Insekten übernehmen unsre Welt.

Kann sein, der kritische Moment sieht unsre Erde
und denkt: Wie widerlich! Da graust ja einer Sau.
Dann macht er eine hilflose Gebärde,
und dann verschwindet er ins Grün oder ins Blau.

Vergangenheit und Gegenwart

Du bist umgeben von Reue,
gesammelt in vielen Jahren,
seit Hitler und andere Säue
in Deutschland so glücklich waren.

Die Reue will nicht weichen,
verhärtet sich langsam zu Steinen
und nistet in alten Eichen
und in deines Vaters Gebeinen.

Dein Vater war damals Genosse.
Ich bin nicht sicher von wem.
Er wohnte in einem Schlosse,
gebaut mit jüdischem Lehm.

Sein Bild hängt in allen Kasernen
der deutschen Obrigkeit.
Es blickt in verborgene Fernen
und träumt von jüdischem Leid.

Und du betreibst's Musizieren
bei der deutschen Bundeswehr
und verstehst dich aufs Dirigieren
von Märschen und Ärschen wie er.

Der Reim

Es gibt ja Dichter, die halten nichts von Reimen.
Sie sagen, Reime sind von gestern, bitte nicht!
Sie lassen die Assoziationen schleimen
und nennen das Geschleimte ein Gedicht.

Das kann ich auch. Ich schreibe gerne Prosa,
denn das erspart mir, einen Reim zu suchen.
Dann kann ich alles, was mir einfällt, schreiben
in zwanzig Zeilen. Fertig ist die Sache.

Diese Dichter verzichten auch auf Rhythmus.
Sie machen irgendwann einen Querstrich,
manchmal mitten im Satz oder mitten im Wort,
ganz egal, Querstrich heißt neue Zeile.

Zwei Wörter genügen, zum Beispiel: Hohe Herzen,
und dann nach dem Querstrich zum Beispiel:
Der Schnee weint in meinen Beischlaf.
Und das gefällt manchen Leuten.

Es kann auch sein, daß ich veraltet denke,
vielleicht ist mein Geschmack nicht jedermanns,
oder manche Dichter können einfach nicht reimen,
und ich kann's.

Mitgefühl

Es war, wie ich glaube, ein trauriger Brief,
und alle haben geweint.
Er schien nicht unwirsch und nicht aggressiv,
nur verzweifelt und ernst gemeint.

Die einen seufzten: Das Leben ist trist!
Doch was tun wir? fragten die zweiten.
Die dritten schluchzten: Es ist, wie es ist,
wir wollen darüber nicht streiten.

Ein Greis schloß seine Augen und schwieg,
von stillem Schmerz übermannt.
Ein junger Mann äußerte laute Kritik
und schrie seine Pein an die Wand.

Ein Mädchen zitterte nur und litt,
als hätte sie hohes Fieber.
Und ich stand da und jammerte mit
und wußte gar nicht worüber.

Dichten

Träumen ist ganz genau dasselbe wie dichten.
Wer das begriffen hat, macht vielleicht Karriere.
Allerdings ist dichten nicht dasselbe wie träumen.
Das wäre ja einfach, wenn es so einfach wäre.

Wer keine Träume hat, kann bestimmt auch nicht dichten.
Nun sind aber Träume meistens launische Knaben,
die man nicht locken kann, nicht konstruieren, nicht
überzeugen.
Träume erscheinen nur, wenn sie Lust dazu haben.

Da nützt kein Fluchen, kein Beten, da nützt überhaupt nichts.
Träume sind leider auch keine guten Geschäfte.
Wenn man versucht, sie zu halten, weichen sie aus,
und um das zu verhindern, braucht man besondere Kräfte.

Dichten ist kompliziert und schwer zu beschreiben.
Unnötig, daß man sich drüber den Schädel zerbricht.
Wenn einer unbedingt dichten will, soll man ihn lassen,
und wenn er dann glaubt, er kann dichten, kann er es nicht.

Eine Frage

Die Zeit ist Angst. Das Wetter geht
verloren jede halbe Stunde.
Die Pläne kommen viel zu spät.
Die Feuersbrunst in aller Munde
schlägt tief ins Perpendikel ein.
Ja, das wird unvermeidlich sein.

Die Blicke rosten, denn der Wind
weht sie hinaus zum Saum des Raumes.
Im Rosengarten schreit ein Kind
im Schatten eines Schwefelbaumes.
Und wer sich dennoch etwas traut,
sitzt tief im Schlamm und jammert laut.

Die offizielle Dissonanz
ist unrettbar im Meer ersoffen.
Ein weitverzweigter Mummenschanz
ist zähneklappernd eingetroffen.
Die Leute, die vorübergehen,
sind tot. Und was wird noch geschehen?

An ein Kind

Es gibt eine böse Elfe,
die reitet durch Nacht und Wind
und hält, so wahr mir Gott helfe,
in den Armen ein ächzendes Kind.

Was nützt so ein Kind den Armen?
Die Armen haben kein Geld.
Doch die Elfe, Gott hab Erbarmen,
sie reitet rund um die Welt.

Sie reitet von Hofe zu Hofe,
sie reitet von Hafen zu Hafen,
und Gott, in der nächsten Strophe,
wird sie, wie ich hoffe, bestrafen.

Sie reitet mit allen Gestüten
und allen ächzenden Kindern.
Sie reitet, Gott möge es verhüten,
denn ich kann es nicht mehr verhindern.

Sie findet den Erlkönig
und seine tanzenden Töchter.
Nur Gott kann sie aufhalten, stöhn ich,
doch von Gott kommt nur noch Gelächter.

Sie reitet von gestern bis morgen,
sie reitet quer durch die Zeiten,
und Gott hat jetzt andere Sorgen
und läßt die Elfe reiten.

Sie wird hochgelobt in der Presse,
sie ist überall plakatiert,
sie ist reich und besitzt Raffinesse,
und die Menschen sind hypnotisiert.

Sie foppt die gescheitesten Leute,
verspricht ihnen Macht und Glück.
Auch du bist bestimmt ihre Beute.
Sie hat dich bereits im Blick.

Du wirst ihr gehorchen müssen,
du bist ja gesund und munter.
Und doch – wenn sie strebt, dich zu küssen,
hau ihr eine herunter!

Der Unbekannte

Ich bin so gescheit wie nötig
und so nötig wie gescheit,
gehorch dem Gesetz der Synthetik
und bin zu allem bereit.

Der nächste Weg zur Hölle
ist mir schon längst bekannt,
doch trete ich nur auf der Stelle
und komme nicht angerannt.

Wichtig ist das Vergessen.
Bei mir liegt nichts auf dem Tisch.
Ich schluck's, dann ist es gefressen,
da bin ich nicht wählerisch.

Haben Sie mich schon getroffen?
Ich bin überall, da und dort
und rede sie gerne besoffen.
Sie kommen bei mir nicht zu Wort.

Das Wort ist die größte Sünde,
da müssen Sie vorsichtig sein.
Ja, alles hat seine Gründe
und seinen Gesangsverein.

Sie fragen, wie mag ich wohl heißen?
Das flüstre ich Ihnen ins Ohr,
aber so, daß die Buchstaben beißen.
Dann sind Sie so klug wie zuvor.

Ich beantworte alles wie immer,
und Sie verstehen mich nie.
Also gehen wir in mein Zimmer
und sitzen uns dort vis-à-vis.

Dann spüren Sie gleich die Verschnürung
und fragen: Was mag das sein?
Man nennt mich Globalisierung,
schlaf ein, mein Kind, schlaf ein!

Die Wahl

Es gibt einen Weg in die Butter,
dort tänzelt ein Tänzer, dort lockt eine Schöne,
dort sitzt auch die liebende Mutter,
erheitert die Töchter, verzärtelt die Söhne,
der Frühling ist nackt, und die Engel entbinden,
die Bäume sind blau, und die Banken verschwinden.
Oh komm, lieber Dichter, bezähm deine Wut!
Dort ist alles noch besser als gut.

Und es gibt einen Weg in die Sümpfe,
dort hört man die schreienden Geier verenden,
dort sitzt eine häßliche Nymphe,
erwürgt ihre Kinder und zählt Dividenden,
der Frühling ist tot, und die Engel verstummen,
die Bäume sind kahl, und die Menschen verdummen.
Oh komm, lieber Dichter, und schärf unsren Blick
und gib uns die Seele zurück!

Der Dichter muß jetzt überlegen:
Geht er den bösen Weg? Hilft er den Schwachen?
Oder läuft er der Sonne entgegen
und genießt seinen Frühling? Was soll er machen?
Der Frühling ist schön, doch die Menschen sind wichtig,
die Bäume sind grün – also was ist jetzt richtig?
Oh komm, lieber Dichter, vergiß die Geschichte!
Bleib, wo du bist, und dichte!

Die Wahrheit

Die Wahrheit soll ein Abgrund sein.
Leider springt kein Mensch hinein.
Er weiß, wer eine Wahrheit sieht,
fällt tot in Ohnmacht und entflieht.

Und Wahrheit gibt es nicht nur eine.
Sie hat bekanntlich lange Beine
und kriecht, manchmal sogar zu sechst
herauf zu uns, sagt ihren Text,

und merkt am Ende ganz empört,
wir haben ihr nicht zugehört.
Dann zucken alle sechs die Achseln
und müssen wieder abwärtskraxeln.

Die Liebe

Wenn ich nicht ich wär, möchte ich du sein,
säß dir im Hirn und wäre gescheit.
Wenn ich ein Tier wär, könnt ich ein Gnu sein,
spränge zu dir und täte dir leid.

Wenn du ein Tier wärst, so wie ein Biber
oder ein Käfer oder ein Bär –
doch da du du bist, ist es mir lieber,
ich kann dich lieben so wie bisher.

Auch wenn du alt wärst, wie meine Oma
oder mit Glatze oder mit Bauch
oder gar krank wärst oder im Koma,
nur keine Sorge, ich wär es auch.

Doch da du du bist, liebst du den Gunther,
meine Gefühle sind dir egal.
Ich sehe schwarz, und Gunther sieht bunter,
und das ist leider katastrophal.

Nun da ich ich bin, ist es wohl besser,
Schluß mit der Liebe und dem Geschnauf!
Nehm einen Strick sowohl wie ein Messer,
stech mich ins Herz und hänge mich auf.

Der Tausendsassa

Es gibt den Mann, der alle kennt.
Man nennt ihn Menschenpräsident.
Er sitzt auf der Estrade
und streichelt seine Gnade.

Er wohnt in seiner Wesenheit,
umgeben von Unsterblichkeit,
und kümmert sich um alle
mit Umsicht und mit Kralle.

Sein Herz ist flink, sein Rat ist heiß,
er weiß, daß jeder weiß, er weiß,
und was er sagt, verbürgt er.
Gelegentlich erwürgt er.

Er ist der Arzt und du Patient.
Er schreibt für dich dein Testament,
als wär er Herr von Goethe,
und spielt dazu die Flöte.

Und bist du alt, sogar schon tot,
er bleibt dein Retter in der Not
und spricht sogar gewöhnlich
für dich mit Gott persönlich.

Das hat er unlängst mir erzählt.
Dann hat er noch mein Bett geölt
und mir den Tag verdorben.
Und dann bin ich gestorben.

Der Pessimist

Wenn ich nichts anfange, kann nichts passieren.
Wenn ich nichts sage, kann's niemand zitieren.
Wenn meine Stimme bricht, muß ich nicht singen,
denn wenn ich singe, wird's sicher mißlingen.

Ist das jetzt deine Welt oder die meine?
Wo man sich hinwendet, überall Schweine!
Will ich ein hartes Ei, krieg ich die weichen.
Ich werde nie das Geringste erreichen.

Jetzt scheint die Sonne, doch später kommt Regen.
Mache ich Pläne, sind alle dagegen.
Führ ich ein Glas zum Mund, wird es zerbrechen.
Drüben der Schmetterling könnte mich stechen.

Paßt mir der Schuh nicht, was nützen Beschwerden?
Bin ich nicht krank, kann ich's immer noch werden.
Stets bleibt persönliches Pech mein Begleiter,
und das geht immer so, immer so weiter.

Zwischenwort

Vor einigen Tagen blätterte ich in den Werken des genialen Georg Christoph Lichtenberg und entdeckte einen Aphorismus, über den ich ein Gedicht schreiben wollte: »Die Menschen sind in ihren Anlagen gleich, nur die Verhältnisse machen den Unterschied.«

Wenn das wirklich so wäre, könnte man sich nur mit den Verhältnissen befassen und die Menschen ignorieren. Adolf Hitler war ein verhinderter Maler, also werden alle verhinderten Maler wie Adolf Hitler? Nicht auszudenken! Auch die Verhältnisse, denen Hitler als uneheliches Kind in Braunau ausgesetzt war, helfen nicht weiter, bei Hitler hilft überhaupt nichts weiter. Seltsam, daß noch niemand ein Gedicht über ihn geschrieben hat, vielleicht fällt mir noch eines ein.

Hitler hat sich 1938 in Österreich ereignet, niemand hat ihn geholt, er war einfach da, wie das Wetter, das niemand beim Ober bestellt hat. Konsequenterweise wurden plötzlich die nettesten Leute überzeugte Nationalsozialisten, die friedlichsten wurden Krieger, die unvoreingenommensten Antisemiten. Ein häßlicher Zauber fiel über das Land, und Historiker versuchen heute vergeblich, wissenschaftliche Gründe dafür zu finden: Die hohe Arbeitslosigkeit, das Versagen der Sozialdemokraten, die Geldgier der Reichen. Niemand will glauben, daß es Dinge gibt, die wir nicht verstehen, sogenannte Zufälle, die aber keine sind, wir Ameisen, die keine Ahnung von den Gärten haben, in denen wir wissenschaftlich denken und forschen.

Ich war in den Jahren 1942 bis 1945 amerikanischer Soldat, ein »GI«, das ist die Abkürzung für government issue, also Regierungsmaterial, instinktiv so bezeichnet, weil auch wir nicht wußten, wie das Ganze kam, auch wir waren Material und keine Denker. Da ich deutsch sprach, wurde ich als Verhörer deutscher Kriegsgefangener eingesetzt und konnte mich jahrelang davon überzeugen, daß auch kein Deutscher wußte, warum Hitler. Es war einfach so.

Kürzlich wurde eine junge Mutter, die im Wahn ihre fünf Kinder getötet hatte, von aller Schuld freigesprochen und ins Irrenhaus geschickt. Der sie betreuende Psychiater meinte, daß sie der ehrlichen Meinung war, ihre Kinder seien im Jenseits besser aufgehoben als auf der Erde. Er fügte hinzu: »Menschen, die in einer anderen Welt leben, sind durch nichts von den Tatsachen unserer Welt zu überzeugen.«

Damit versuche ich nicht, die Kriegsverbrecher der Hitlerzeit freizusprechen, aber es gab auch viele Nationalsozialisten, die nicht folterten und mordeten. Wahnsinn kann nicht über einen Kamm geschoren werden, der Wahnsinn der jungen Mutter ist nicht mit dem Wahnsinn eines KZ-Wächters zu vergleichen, denn der wußte, was er tat, und konnte sich gegebenenfalls zur Wehr setzen. Ich entschuldige also nicht, ich versuche, zu analysieren, und wenn man mir vorhält, daß ich nichts davon verstehe, kann ich nur darauf hinweisen, daß es bisher anscheinend auch kein anderer versteht.

Lichtenberg hatte nur teilweise Unrecht. Wir halten alle Ameisen für gleich, also warum sollte er nicht der Meinung sein, daß auch alle Menschen gleich sind und daß ihre Verschiedenheiten nur durch die verschiedenen Verhältnisse zu erklären sind? Es ist nicht seine Schuld, daß man lieber den Wissenschaftlern vertraut als den Dichtern. Aber auch Lichtenberg macht den Fehler, daß er Erklärungen verkündet, statt Rätsel zu akzeptieren. Das soll nicht heißen, daß man nicht versuchen sollte, Lösungen zu finden, aber man kann doch ein Rätsel anerkennen, solange es ein Rätsel bleibt, und eben das tun Historiker sehr ungern und leider auch manchmal Aphoristiker.

Die zwölf Jahre Hitler sind nie zufriedenstellend erklärt worden. Ich war im Jahr 1938, als die deutschen Nazis Österreich übernahmen, in Wien und habe ganz deutlich erlebt, wie sich die Menschen von einem Tag auf den anderem total änderten, wie Leute, mit denen man jahrelang normal oder gar freundschaftlich verkehrt hatte, plötzlich mißtrauisch und feindlich wurden. Das war nicht opportunistisch, es gab, zumindest in den ersten Tagen, keinen Grund für Opportunismus, sondern es war, wie gesagt, ein böser Zauber und hätte eigentlich eine gute Zeit für Dichter werden können, sofern man sie am Leben gelassen hätte.

Aber die meisten Dichter unterlagen diesem Zauber, so wie alle anderen, und um den Vorwurf des Opportunismus zu widerlegen, greife ich jetzt auf den Ersten Weltkrieg zurück, auf das Jahr 1914. Damals hatte man kaum Repressalien zu befürchten, wenn man sich gegen die Regierung und gegen den Krieg aussprach, und trotzdem:

Anton Wildgans, berühmter Dichter und später langjähriger Intendant des Wiener Burgtheaters, heute noch geehrt durch den Anton-Wildgans-Preis, schrieb beim Ausbruch des Ersten Weltkriegs:

> Weh den Besiegten! Härtester der Sprüche
> an ihren Nacken wird er kalt vollstreckt.
> Mit Schächterruhe, ohne Haß und Flüche
> zermalmt die Brut und was sie ausgeheckt.

Alfons Petzold, Arbeiterdichter und Sozialdemokrat, schrieb:

Die Bücher hinein, das Schwert heraus!
Schußfreudig die blanke Büchse
und losgeritten in donnerndem Braus
auf die französischen Füchse!

Der Dichter Arno Holz, auch ein Oppositioneller, schrieb:

Die Zeit, die Eisen und Blut verschweißt,
wir ahnen sie längst vor den Türen stehn.
Die Trommel, die wirbelnd die Luft zerreißt,
kann schon morgen durch unsere Reihen gehn.

Ottokar Kerner, Dichter der späteren österreichischen Nationalhymne, schrieb:

Steirische Holzer, holzt mir gut
mit Büchsenkolben die Serbenbrut!
Steirische Jäger, trefft mir glatt
den russischen Zottelbären ans Blatt!

Felix Dörmann, erfolgreicher Operettenlibrettist, schrieb:

Die Russen und die Serben,
die haun wir jetzt in Scherben.

Richard Dehmel, den später Schönberg vertont hat, schrieb:

Und ob jeder Schritt über Fleischfetzen steigt,
Kartätschen und Stacheldraht
die befohlene Linie wird erreicht ...

Franz Theodor Csokor, später Präsident des österreichischen PEN Clubs, schrieb:

Ein Metzeln und Würgen kehrt heim
und prahlt mit geschändeten Dirnen.
Die Steine kleben vom blutigen Sein.
Blut quillt aus zerspaltenen Stirnen.
Aufprasselt der Haß aus purpurnem Bad:
Keine Gnad'!

Der Dichter Ernst Lissauer, von dem Stefan Zweig sagte: »Er war der gemütlichste Mensch, den man sich denken konnte«, schrieb:

Was schiert uns Russe und Franzos',
Schuß wider Schuß und Stoß um Stoß,
Feindland, Feindgeld kommt uns zupaß,
wir haben nur einen einzigen Haß.

Ludwig Ganghofer schrieb:

Herr Kronprinz Wilhelm, vermöble sie fest
und mache sie springen wie vor der Pest!
Hell leuchtet aus dieser fröhlichen Jugend
Sonne des Mannes, die Siegertugend!
Nur druff! Immer feste druff!

Der berühmte Theaterkritiker Alfred Kerr schrieb:

Peitschet sie, daß die Lappen fliegen,
dürfen uns nicht unterkriegen!
Zarendreck, Barbarendreck,
peitscht sie weg!

Ludwig Fulda, Lustspieldichter, schrieb:

Schon ziehn auf blutgetränkter Flur
des Feindes ihre tiefe Spur
die blanken deutschen Pflüge.
Dort werden wir in Zukunft säen
und niedermähen die Lüge.

Und sogar Gerhart Hauptmann schrieb:

Es kam wohl ein Franzos' daher –
wer da, wer!
Deutschland, wir wollen an deine Ehr'!
Nimmermehr!

Das waren also eigentlich auch »unbeabsichtigte Gedichte«. In Prosa äußerte sich Thomas Mann folgendermaßen: »Krieg! Es war Reinigung, Befreiung, was wir empfanden, und eine ungeheure Hoffnung. Deutschlands ganze Tugend und Schönheit entfaltet sich erst im Kriege. Der Deutschen Seele eignet etwas Tiefstes. Es ist ihr Militarismus, ihre soldatische Moralität.«

Der Dirigent und Komponist Felix von Weingartner schrieb: »Verlogen, heimtückisch, prahlerisch und dünkelhaft, so haben unsere Feinde einen frevelhaften Krieg gerüstet. Es gäbe keine höhere Weltordnung, wenn wir nicht Sieger blieben.«

Stefan Zweig nahm in einem Artikel im Berliner Tagblatt Abschied von seinen Freunden in Belgien, Frankreich und England mit den Worten: »Opfern wir unsere persönliche Freundschaft der höheren Gemeinschaft, deren Schicksal jetzt gestaltet wird.«

Auch die fortschrittlichen Komponisten Schönberg, Berg und Webern, die vom österreichischen Staat nur Mißachtung und Ablehnung erlebt hatten, ja sogar der Psychiater Sigmund Freud waren damals kriegsbegeistert, und unter anderem gab es auch ein schreckliches »Manifest«, das zum »Daseinskampf« aufrief und von etlichen Künstlern, beispielsweise Max Reinhardt, Siegfried Wagner, Engelbert Humperdinck und auch Max Planck unterzeichnet wurde.

Plötzlich war also 1914 eine andere Welt entstanden, die einen blutigen Krieg befürwortete, so wie 1938 in Wien eine Welt von Siegern und Verlierern, von Verfolgern und Verfolgten entstand. Und es gab nicht den geringsten Grund dafür. Natürlich waren die Zeiten schlecht, es gab Arbeitslosigkeit und Not, aber das gab es anderswo auch, und das hatte es in Österreich schon die letzten zwanzig Jahre gegeben und sich stetig gebessert. Wir Kleinbürger sparten, hatten sehr bescheidene Wohnungen, aber wir fuhren auch in den Urlaub, litten keinerlei Hunger, und ich durfte privaten Musikunterricht nehmen. Und auf einmal Hitler! Die Welt war über Nacht verrückt geworden.

Auch Gedichte finden in einer anderen Welt statt, und auch sie entstehen auf mysteriöse Weise, so wie die großen und wichtigen Geschehnisse in der »realen« Welt. Wir haben keine Macht über sie, und wir reagieren so gut es geht, aber es geht nicht sehr gut. Und auch heutzutage haben wir Autos, einfach weil man sie hat, wie Hitler kamen sie über uns. Niemand fragt, wie man vor fünfzig oder hundert Jahren ohne Auto zurecht kam. Man kam gut zurecht, besser als heute. Schon damals gab es Rechtsanwälte ohne Auto, Ärzte ohne Auto, und man machte gute oder schlechte Geschäfte ohne Auto. Dieselben Menschen fänden es heute unmöglich, ohne Auto zu leben. Zu erklären ist das nicht, und Fortschritt ist es auch keiner.

Ich rede nicht der Lethargie das Wort, denn es gibt Begeisterung, damals wie heute. Menschen, die sich für Musik oder Computer begeistern, fast egal wofür, sind zu beneiden. Aber wir begeben uns auf einen Holzweg, wenn wir versuchen, alles zu erklären. Wir müssen uns den Rätseln stellen, und das fällt vor allem den Wissenschaftlern und den Wissenschaftsgläubigen schwer. Leider ist es Mode geworden, sich über Mystiker wie mich lustig zu machen, aber das entkräftet den Mythos nicht. Noch immer weiß niemand, wie ein Gedicht entsteht, wie aus friedlichen Menschen Krieger entstehen, wie Autos entstehen.

Vielleicht sollte man häufiger etwas über unbekannte Phänomene dichten: Die Zukunft kommt langsam, die Gegenwart ist so schnell, daß man sie versäumt, die Vergangenheit steht still, und wir leben in diesem Chaos und machen unsere Erfahrungen, und auch jedes andere Tier glaubt an seine Erfahrungen, ohne sie zu verstehen, genau wie wir. Denn im Grunde sind wir machtlos: In die Wiege und in den Sarg müssen wir gelegt werden, und zwischendurch fallen wir immer wieder um.

Früher hielt man die Wissenschaft für den Weg zur Wahrheit und die Kunst für den Weg zum Vergnügen. Heute weiß man: Es ist umgekehrt. Die Kunst strebt nach Wahrheit oder zumindest nach Wirklichkeit, und die Wissenschaft macht Vergnügen. Man forscht nach Schönheitsoperationen oder wie man am besten zum Planeten Mars kommt, man berichtet über Galaxien, die sieben Millionen Lichtjahre von uns entfernt sind, kurz, man versucht, die Lebensfreude zu erhöhen und die Menschen zu amüsieren, Beispiele gibt es mehr als genug. Die Kunst, hingegen, ist ernst geworden: War früher die Musik ein Engel, ist sie heute ein Teufel, machte früher das Theater Spaß, so gehen heute die Leute fröhlich hinein und kommen grimmig heraus, die darstellenden Künste porträtieren den Künstler mit seinem persönlichen Abgrund, und auch der Film verzaubert längst nicht mehr. Das Hollywood-Happy-End ist unmodern geworden, und aus den Liebesmärchen wurden Krimis. Die Zeit kränkelt, und unsere Mutter Erde lacht uns aus, statt uns zu heilen. Wie sind nicht so stark, wie man uns glauben machen will. Ein Gedicht über Hitler wäre ja eine interessante Aufgabe, andererseits will niemand an ihn erinnert werden, es ist schon schwer, seinen Namen zu erwähnen.

Noch einmal Lichtenberg: »Eine Fliege, die nicht getötet werden will, sollte sich auf die Fliegenklappe setzen« – und ich glaube, dort sitzt Hitler schon lange und läßt uns Biographien über ihn schreiben, aber kein Gedicht, das ihn totschlägt. Tatsache ist, er ist ein unangenehmes Thema und macht uns noch heute unkomfortabel. Mit einem Gedicht ist das nicht zu klären.

Ich persönlich fühle mich im Dunklen des Mythos wohl, im Licht zerrinnt alles. Gedichte werden im Dunklen geboren, wo man sie nicht gleich sieht. Erst im Licht beginnen sie zu lächeln, wie die Menschen. Denn manche Menschen sterben zwar lächelnd, aber lächelnd geboren wurde noch niemand. Es ist kein großer Unterschied zwischen Gedichten und Menschen, aber vielleicht fällt das nur mir auf. Andere könnten einwenden, daß Gedichte nicht auf Diät gehen oder die Fahrprüfung machen, aber andererseits gibt es männliche und weibliche Gedichte, und nur die weiblichen können Kinder kriegen.

Ich weiß nicht, was mich bewog, Gedichte zu schreiben, vielleicht das Wetter. Es hat viel geregnet, und das beflügelt die Phantasie. Während man Gedichte schreibt, in denen man vom Hundertsten ins Tausendste kommt, kreuzen viele Ideen das Hirn.

Sie schwimmen auf einem stürmischen Meer, gehen unter und tauchen wieder auf, sind in steter Gefahr, aber machen Freude, weil sie in der Zukunft sind. Die Gegenwart wird zur Lüge, wenn man Ideen hat. Ideen sind Geheimnisse, die man nicht verraten darf, und wenn man sie doch verrät, werden sie zu Feinden. Solche Ideen kommen immer näher, und schließlich verliebt man sich in eine oder mehrere. Dann kann man sie packen und gleich wieder loslassen, denn sie müssen freiwillig bleiben.

Mit der Musik ist es anders, die treibt den Mythos auf die Spitze. Wenn sie einmal stattgefunden hat, kann man seine Meinung nicht mehr ändern. Ein Gedicht kann man durchstreichen, ein Lied nicht, denn die Musik ist nur ein Gerücht, und das bleibt haften. Jemand wie Richard Wagner, dessen Aufgabe es war, böse Menschen zu erzeugen, war schon da, bevor er anfing zu komponieren. Seine Musik ist ein gutes Beispiel für ein verratenes Geheimnis, das zu einem Feind geworden ist, einem Feind alles Guten. Seine Opern sind bis heute nichts als ein gutes Geschäft, rational, berechnend, langweilig und patriotisch.

Aus Irrationalem wie der Kunst kann man nichts Rationales machen und schon gar nichts Nationales. Jetzt ist sogar schon die Mathematik ins Irrationale abgeglitten, und in der Physik ist man unter anderem dabei, Dinge, und später wohl auch Menschen, mit Tarnkappen zu versehen, also unsichtbar zu machen. Auch hier, wie in allem, wird man wissen wie, aber nicht warum. Jedoch man wird nie unsichtbare Gedichte schreiben können – oder irre ich mich da? Wenn man nicht einmal die Vergangenheit voraussagen kann, wie soll man die Zukunft wissen, außer man ist Wissenschaftler und glaubt, sie zu wissen?

In der Zukunft könnte man eine Leiter ansetzen, deren Spur sich verliert. Man könnte sich auch die Hände reiben und verständnislos weiterleben. Rezepte gibt es viele, nur für den Dichter nicht, der muß weiterdichten.

GEDICHTE II

Der Vortrag

Der Redner spricht duftende Blumen
und meldet ein greises Zitat.
Man bewundert sein großes Volumen
und verliert sich im Konglomerat.

Seine Logik ist nicht mehr zu retten.
Sie klammert sich an den Verstand,
singt Lieder und dreht Pirouetten,
und schon ist der Vortrag im Sand.

Die Tapete weint bittere Tränen,
der Teppich verflucht sein Geschick,
Das Fürstenporträt muß gähnen
und hält sich an Nagel und Strick.

Die Hartnäckigkeit ist erwiesen,
sie zückt schon ihr letztes Gewehr.
Ein Spielverderber muß niesen
und blickt verängstigt umher.

Das Publikum ist am Ende,
das verkalkte Büffet bleibt allein.
Man schüttelt verwitterte Hände
und gelobt sich, nie wieder zu sein.

Außenpolitik

Auf einer Insel irgendwo
sind die United States,
und manchmal fliegt Herr Soundso
dorthin und fragt: Wie geht's?

Er hätte auch noch mehr gefragt,
doch er ist Diplomat
und denkt sich: Das ist abgehakt
und völlig adäquat.

Europa und Amerika –
der Unterschied wiegt schwer.
Europa war schon immer da,
Columbus hinterher.

Amerika ist beispiellos,
ist groß und voller Kraft,
Europa wäre gerne groß
und hat's noch nicht geschafft.

Dazwischen wogt ein Ozean,
der alles überschwemmt.
Ach, zieht euch euren Weisheitszahn
und bleibt einander fremd

Das Vaterland, das Militär,
dazu das liebe Geld –
und wenn es nicht so häßlich wär,
wie schön wär diese Welt!

Es ist eine Lust, zu Leben

Wir sind Fanatiker
und wissen nicht, was wir wollen.
Man hat uns geraten,
die feindlichen Staaten
zusammenzurollen.
Denn zusammengerollt sind sie träge,
und gerät dann ein Staat in die Schräge,
dann leistet er keinerlei Widerstand,
und dann hat man ihn fest in der Hand.

Wir sind Pragmatiker
und wissen genau, was wir kriegen.
Man hat uns empfohlen,
die Russen und Polen
zusammenzubiegen.
Denn sind sie einmal zusammengebogen,
werden sie gezählt und abgewogen,
und dann machen sie gezielt
genau, was man ihnen befiehlt.

Wir sind Technokratiker,
also einfach zu ersetzen.
Man hat uns getrieben,
alle unsere Lieben
zusammenzuhetzen.
Denn sind sie einmal zusammengehetzt,
fragen alle: Was machen wir jetzt?
Dann sagt man: Wir werden's besprechen.
Und dann warten wir, bis sie zerbrechen.

Wir sind Systematiker,
sind also kaum zu brauchen.
Man hat uns unterwiesen,
mal jenen, mal diesen
zusammenzustauchen.
Denn ist er einmal zusammengestaucht,
wird er ein paar Male untergetaucht.
Dann fügt er sich allen Beschlüssen
und will nur unsre Füße küssen.

Wir sind Charismatiker,
können also zu Tränen rühren.
Man hat uns geboten,
die endgültig Toten
zusammenzuschnüren.
Denn sind sie einmal zusammengeschnürt,
werden sie verhaftet und abgeführt.
Dadurch werden sie aufgeschreckt
und wieder zum Leben erweckt.

Wir sind …

Eine Beschreibung

Man stirbt als Kind,
auf der Suche nach Erdbeeren,
denn wie wir sind,
ist's nicht so, daß wir's wert wären.

Man braucht eine Katze,
um die Welt zu begreifen,
mit silberner Tatze
und goldenen Streifen,
und freut sich schief
mit den Hühnern und Hähnen,
doch instinktiv
bleibt man blind und in Tränen.

Dann rutscht man sich wund
in einer fremden Pagode,
entspannt sich und
verjüngt sich zum Tode.

Ein Liebesbrief

Bevor ich diesen Brief beginne –
ich weiß nicht, was ich schreiben soll.
Ich fühle mich wie eine Spinne,
ins Netz verbannt, erwartungsvoll,

und was ich schreibe, bleibt geschrieben,
und was ich fühl, bevor's verklang,
man teilt die Woche ein in sieben,
den Monat dreißig, viel zu lang.

Ich habe nicht, obwohl ich habe,
man merkt's mir an, man hört's, man sieht's.
Nimm diesen Brief als Morgengabe
eines gequälten Störenfrieds.

Ich bin kein Dichter, doch ich dichte
dich her zu mir. Jetzt sitzt du da
und schaust mir tief in die Geschichte
von Caesar und Cleopatra,

von Romeo und seiner Juli,
von Trauerweiden, Affenlust,
riechst nach Lavendel und Patschuli
und steckst mir Speere in die Brust.

Wann kommst du wieder? Ja, ich weiß es,
ich frier mich durch den Zwischenraum,
wie ein Gespenst. Und etwas Heißes
läuft quer durch meinen Purzelbaum.

So weit, so öde. Zeit, ich schließe.
Ich schick dir einen weiß nicht was.
Und wenn ich morgen früh zerfließe,
ist es zu spät. Dein Nikolas.

Der Komponist

Und so hat man, was man hat,
und so ist man, was man ist,
und so liest man es vom Blatt,
und so wird man Komponist.

Und da steht sie, die Musik,
und dann schreibt man, was man schreibt,
und man denkt an die Kritik,
bleibt dabei, so lang man bleibt,

und dann singt man, was man schrieb,
und dann schreibt man, was man sang,
und man hat sich nicht mehr lieb,
und man fragt sich, ob's gelang.

Und sagt: Scheiße, nichts gelang!
Und verbeugt sich vor dem Saal,
und dann sagt man: Vielen Dank!
Und denkt: Scheiße, noch einmal!

Und dann steht man, wo man wohnt,
geht hinaus auf den Balkon
und blickt stöhnend in den Mond,
und man kennt die Antwort schon.

Und schreibt wieder einen Takt,
denkt an Mozart oder Bach,
und schon wieder ist man nackt,
und schon wieder ist man schwach.

Die Routine endet nie,
die Routine geht nicht weg,
die Routine ist ein Vieh,
die Routine ist ein Dreck.

Und so schreibt man Tag und Nacht,
und so schreibt man Nacht und Tag,
und so schreibt man auf Verdacht,
und so schreibt man für'n Verlag.

Und man fragt sich, ob man's kann,
und man hofft, daß es gefällt,
und man lügt sich wieder an,
und man schreit sich in die Welt.

Und was bleibt, ist die Musik,
und was bleibt, ist die Musik,
und was bleibt, ist die Musik,
und was bleibt, ist die Musik.

Das Leben

Das Leben ist ein Lotto,
und schuld daran ist Otto.
Das Leben ist ein Würgen,
und schuld daran ist Jürgen.
Das Leben ist ein Kitschroman,
und schuld daran ist Jonathan.
Das Leben ist ein Trauerflor,
und schuld daran ist Theodor.

Das Leben ist ein Kuchentraum,
ein Untermops, ein Zwischenbaum,
ein Sonnentrug, ein Hinterstich,
ein Nimm-mich-und-ich-fresse-dich,
ein Fesselakt, ein Überstern,
ein Sturzventil, ein Innenkern,
ein Wetterdrang, ein Seitenschrei,
ein mißgeglücktes Totenei.

Wie soll man das begreifen
und in der Hitze reifen?
Wie soll man da erstrahlen
und Gegenwelten malen?
Wie soll man das verwinden
und Klosterfutter finden?
Wie soll man das verfluchen
und Apfelrosen suchen?

Ich weiß es nicht, ich weiß es nicht,
und wenn mir meine Milz zerbricht,
bekomme ich statt dessen:
Das werd ich nie vergessen.

Der Heimatlose

Meine Welt ist überall.
Gott sei Dank, sie ist mißlungen.
Seinerzeit, mit lautem Knall,
ist sie mir vom Leib gesprungen.

War vielleicht nicht festgeklebt
oder roh herausgerissen.
Jedenfalls hab ich gelebt
ohne dieses Ruhekissen.

Ruhekissen rosten nicht,
sondern lächeln still und schweigen.
Eines Tages sind sie Pflicht
und verlangen, Mut zu zeigen.

Mut für einen Lebensbaum,
Mut für einen Bombenhagel,
Mut für einen Aus-der-Traum,
Mut für einen Bretternagel.

Mut für einen Abschiedskuss,
Mut für eine Jugendrente,
Mut, wenn man nach Hause muß
und dort nichts erzählen könnte.

Ja, die Welt verlangt sehr viel.
Lieben mußt du sie und achten.
Bietet sie ein Trauerspiel,
mußt du sie mit Stolz betrachten.

Meine Welt ist vogelfrei,
eben weil ich keine habe,
und ich lebe gut dabei
von der Wiege bis zum Grabe.

Manchen Leuten tu ich leid,
doch ich wüßte nicht weswegen.
Andre wieder frißt der Neid.
Soll er! Ich hab nichts dagegen,

denn ich lebe angenehm
ohne Welt, vergnügt und heiter.
Ist das wirklich ein Problem?
Wird man eines Tags gescheiter?

Der Künstler

Man gab Willibald einmal, hui!, nichts mehr zu essen,
doch war er ein Künstler, und sein Hunger war schwach.
Dann versuchte man, Willibald schnell zu vergessen,
doch die Erinnerung an ihn blieb noch jahrelang wach.
Man hat auch probiert, ihn zutiefst zu verletzen,
und er blieb, wie er immer war, merkte es nicht.
Man wollte ihn durch einen Goldschmied ersetzen.
Drüber schrieb er dann selber ein heiteres Gedicht.
Man hat ihn verleumdet, verprügelt, verachtet,
und all das nahm Willibald schmunzelnd in Kauf.
Und eines Tages hat man ihn einfach geschlachtet
und hing seine Leiche im Stadtzentrum auf.
Doch was auch geschah, er blieb nicht auf der Strecke,
denn komischerweise hat nichts funktioniert.
Schau, dort drüben biegt Willibald grad um die Ecke
und lächelt uns an, als wär gar nichts passiert.

Das Paradies

Und wo ist das Paradies?
Ist es Frieden unter Linden?
Ist es Liebe in Paris?
Oder Klarsicht bei den Blinden?

Definieren ist nicht schwer.
Hoffnung ist ein Regenbogen.
Suchen kann man kreuz und quer.
Wer eins findet, hat gelogen.

Viele Thesen, viele Ziele –
was das heißt, das weiß man ja:
Paradiese gibt es viele,
in der Mehrzahl sind sie da.

In der Einzahl gibt es keines,
also ist uns nichts entgangen.
In der Bibel steht zwar eines,
aber das war voller Schlangen.

Paradiese gibt's für Käfer,
für die Katze, für den Hund,
doch für Adam und für Eva
war's bekanntlich nicht gesund.

Denn die Menschen offensichtlich
passen einfach nicht dorthin.
Religiös und auch geschichtlich
passen Menschen nach Berlin.

Die Zukunft

Ich habe eine Faust gefunden.
Sie lag in einem Tümpel
inmitten vieler Todeswunden
und anderem Gerümpel.

Die Hand war offen hingeschmissen,
die Nägel waren zerzaust,
Die Finger waren abgerissen
und trotzdem eine Faust.

Ich hob sie auf und fragte mich:
Gehört sie einem Mann,
dem ich sie, wenn auch untauglich,
zurückerstatten kann?

Dann merkte ich, die Faust war klein,
die Finger dünne Fädchen,
als hätte ich ein Stelldichein
mit einem jungen Mädchen.

Ich wollte sie dann eingeweicht
in Essigsäure legen,
doch sagte ich mir: Nein, vielleicht
hätt sie etwas dagegen.

Ich hing sie draußen in den Wind,
damit sie schwingen kann,
und wenn ich etwas schrecklich find,
dann blicke ich sie an.

Sie schwingt im Winde Tag und Nacht
und droht wohl dir und mir.
Zuerst hab ich sie ausgelacht,
jetzt schwinge ich mit ihr.

Ich, ganz Privat

Es könnte eine Freiheitsstraße geben,
die irgendwo in die Unendlichkeit gerät,
in einen Rausch, in dem Erinnerungen schweben
und die behaupten: Es ist nie zu spät.

Und Heiratsabsichten, die ausnahmsweise gelten,
verraten einem zarten Fernsehantiquar,
sie kämen gern zum Vorschein, aber selten,
denn leider sei's nicht so, wie's früher war.

Dann würden alle Brüder wieder herzlich lachen,
denn an und für sich wär's ja nur ein Traum,
und alle Schwestern würden neu erwachen
und Purzelbäume schlagen, wenn auch kaum.

Die Sonne würde sich ein wenig waschen,
die Uhren würden sich normalisieren,
und auch die Sterne könnten Honig naschen,
den Bienenkönige emporservieren.

Dies sind meine privaten Analysen,
denn ich verliere oft mein Gleichgewicht,
und dann zerplatzt was, tief in meinen Drüsen,
wie eine Seifenblase – oder ein Gedicht.

Bismarcks Geheimnis

Wer uns regiert, der schweigt.
Warum sollte er etwas sagen?
Solang sich die anderen plagen,
steht er daneben und geigt.

Das Volk sieht die Violine
und weiß kein Mittel dagegen.
Sollte sich irgendwer regen,
schickt Bismarck ihm eine Blondine.

Die Blondine öffnet die Beine,
die Blondine schürzt ihre Lippen,
die Blondine beginnt zu wippen,
und Opposition gibt's dann keine.

Sollte noch jemand stören,
schickt er ihm einen Judas,
und sofort sagt der: »Mach du das,
und von mir wirst du nichts mehr hören.«

Bismarck sammelt die Mannen
und nebenbei auch die Weiber,
er ölt die geschmeidigen Leiber
und verteilt sie auf mehrere Pfannen.

Und hat er sie dann gebacken
gesalzt und gewürzt und geknetet,
sagt er: »Zeit, daß ihr betet,
sonst muß ich euch alle zerhacken.«

Da nützt kein Klagen und Winseln,
denn Bismarck frönt seinen Launen.
Dann verpackt er die Geige in Daunen
und verzieht sich auf andere Inseln.

Die kleine dunkle Gasse

In den kleinen dunklen Gassen
wachsen Perlen auf den Wiesen,
die sich von den Schloßterrassen
über Nacht herüberbliesen.
Diese kann man ernten, zähmen
oder kochen, nach Belieben,
weil sie sonst zu Staub verkämen
und als Würmer übrig blieben.

Wer sie kocht und ißt, kann fliegen
zu den Finken auf Formosa
oder sich im Walzer wiegen,
teils in Reimen, teils in Prosa.
Ja, die kleinen dunklen Gassen
kann ich jedermann empfehlen.
Sie sind einsam und verlassen,
aber köstliche Juwelen.

Einmal kam Herr Günther Schrage
in die kleine dunkle Gasse,
die ich meistens bei mir trage
und nur selten liegen lasse,
wollte dort ein Business starten
mit Girlanden und mit Pfauen,
um dabei, wie zu erwarten,
Leute übers Ohr zu hauen.

Doch, oh Wunder! Die Girlanden
waren plötzlich ganz verbogen,
und die Pfauen, die sie fanden,
waren schnell davongeflogen.
Und da stand nun ohne Ware
Günther Schrage in der Gasse,
und er raufte sich die Haare
und zertrümmerte die Kasse.

Doch dann wurde Günther Schrage
schlauer, stärker, renitenter,
und er sprach: In dieser Lage
braucht man doch ein Einkaufs-Center.
Also will ich eines bauen
in der Art von Kathedralen,
und die Leute sollen schauen
und vor allem Beute zahlen.

Ach, die kleine dunkle Gasse
war mit einem Mal verschwunden.
Statt der Gasse kam die Masse
der rentablen dummen Kunden.
Denn die kleinen dunklen Gassen
kriegen keine Rast auf Erden.
Ihre Seele wird verblassen
und ihr Schlaf noch kürzer werden.

Ich Tänzer

Bei Gott, wenn ich tanze,
dann tanz ich zur Gänze,
dann geh ich aufs Ganze
und ganz bis zur Grenze.
Ich dreh mich hinunter
und fliege hinauf.
Mein Tanz ist ein bunter
Hindernislauf.
Meine Frau tanzt die nämliche
Choreographie
und summt eine dämliche
Quatschmelodie.
Bei unseren Balletten
bleibt nichts in den Schuhen,
denn unsere Betten
stehen hoch im Taifun.
Wir tanzen und springen
und rollen uns im Kreise,
die Engelein bringen
uns Pfefferkornspeise,
die Teufelein füttern
uns Paprikatee.
Die Berge erschüttern,
das Meer sagt Adieu.

Doch wir tanzen weiter
und weiter bergab.
Der Brustkorb wird breiter,
die Lunge wird knapp,
die Niere schlüpft tiefer,
die Galle wird schlank,
die Milz und der Kiefer
sind überseekrank.
Wir kollern und wirbeln
und wackeln obszön,
wir schwanken und zwirbeln
wie Sülze im Föhn,
die Walzertrompete
wird lauter und schriller,
C-Dur ist von Goethe,
C-Moll ist von Schiller.
Bist du nicht das Luder,
das neben mir strampelt?
Ich weiß nicht, bist du, der
mich ätzt und zertrampelt?
Wir geigen im Reigen
und neigen die Zehen,
und haben uns eigen-
tlich gar nicht gesehen.
Plötzlich macht's Krach.
Die Musik ist vorbei.
Die Gesellschaft wird wach.
Zum Schluß auch wir zwei.

Tatsachen

Für ein Kind
ist die Welt groß,
für ein Rind
ist sie klein.
Was will ich lieber sein?

Für einen Dichter
ist die Welt gut,
für einen Kaufmann
ist sie schlecht.
Wer hat recht?

Für eine Biene
ist die Welt kurz,
für einen Autofahrer
ist sie lang.
Wer kennt den Zusammenhang?

Für einen Physiker
ist die Welt kompliziert,
für einen Träumer
ist sie leicht.
Wer hat mehr erreicht?

Für einen Christen
ist Jesus der Sohn Gottes,
für einen Juden
ist Gott kinderlos.
Was wollen die bloß?

Für dich
bin ich ein Mensch,
für mich
bin ich ein Ich.
Und unterm Strich?

Der Lauf der Zeit

Wenn man nicht nur vorüberginge!
Wenn man auf ewig lieben könnte!
Wenn man die hauptsächlichen Dinge
auf Wiederkehr verschieben könnte!

Wir warten, bis die Rose blühn will,
wir warten auf die Himmelsleiter,
wir warten, bis die Ampel grün will,
wir warten, und die Zeit geht weiter.

Wie soll der Mensch in ein paar Stunden
chinesisch oder griechisch lernen?
Wie soll man in ein paar Sekunden
des Lebens Nichtigkeit besternen?

Das Fernsehen ein- und abzuschalten,
ein Seil einstweilen zu verknoten,
die Spule Film kurz anzuhalten,
das ist beim Lebenslauf verboten.

Wir sind zu spät, wir sind verloren,
wir rennen wett mit tausend Beinen,
jedoch die Uhr hat keine Ohren,
und die Geduld kann nichts als weinen.

Das geheime Tor

Ich komm den Leuten anders vor
und kann dem nicht entgehen.
Ich schlüpf durch ein geheimes Tor
und bleibe anders stehen.

Da ich nur scheine, was ich bin,
bin ich auch, was ich scheine.
Ich steh auf einem Trampolin
und habe Gummibeine

und springe ab und springe auf
und lande am Klavier.
Das nehm ich dann im Dauerlauf
nach Israel mit mir.

Dort lerne ich als Judensohn,
die Bibel wegzusingen
und dann für einen Judaslohn,
die Tauben umzubringen.

Ich bin makaber, schauerlich,
doch andrerseits ganz nett
und mache auch, bedauerlich,
ein bißchen Kabarett.

Nehmt ihn nicht ernst! Er ist doch gut,
und er bemüht sich redlich.
Er ist ein Wiener und ein Jud,
zusammen ist das tödlich.

Er hat halt eine Art Humor,
da kennt man sich nicht aus.
Ich schlüpfe durchs geheime Tor
und komme nicht nach Haus.

Die Nation

Wir sind da, um zu schuften und notfalls zu dienen
den Bossen, den Herrschern, dem Geld, den Maschinen,
der Werbung, dem Markt, dem Gesetz, den Betrieben.
Wir sind doch nicht da, um ein Blümchen zu lieben.

Wir sind da, um zu managen, organisieren,
ein Amt zu bekleiden, ein Schräubchen zu schmieren,
dabei auch bisweilen vor Schmerzen zu schrein.
Wir sind doch nicht da, um glücklich zu sein.

Wir sind da, um zu lügen, ermattet zu schlafen
und alle, die anders sind, hart zu bestrafen.
Die Schäfchen im Trocknen, die Frau mit den Kindern –
wir sind doch nicht da, um Krieg zu verhindern.

Die Demokratie und das Vaterland loben,
dazu sind wir da, und nicht nur die da oben.
Ach, öffnet das Tor! Laßt uns alle hinein!
Wir sind doch nicht da, um kritisch zu sein.

Freunde

Warum kommst du so selten?
Ja, das ist Frust.
Und bleibst nur so kurz?
Fortgemußt.
Und sprichst wenig?
Abgespannt.
Was gibt's Neues bei dir?
Alles bekannt.
Und deine Gesundheit?
Angenehm.
Wie geht's bei der Arbeit?
Kein Problem.
Frau und Kinder?
Papperlappap.
Pläne?
Zeit zu knapp.
Also zufrieden?
Sowieso.
Warst schon im Urlaub?
Aber wo!
Fährst noch in den Urlaub?
Muß wohl sein.

Allein oder mit Freunden?
Leider allein.
Wie geht's deiner Schwester?
Wie's halt geht.
Lernst noch immer Englisch?
Nicht konkret.
Trinkst was mit mir?
Alkohol?
Also bis bald!
Tschüss, leb wohl!

Ein Geschäftsmann weiß Rat

Man muß die Dinge riechen,
dann riecht man, wie sie kriechen,
dann riecht man sich zu ihnen,
und dann kann man verdienen.

Und bist du gut gekrochen,
verrenkst du deine Knochen,
mußt beugen sie und biegen,
um noch mehr abzukriegen.

Sind dann die Knochen kantig
und ekelhaft und grantig,
verkrumple deine Häute
und mache neue Beute!

Verkaufe deine Stirne,
verneble deine Hirne,
verseuche dich mit Krätze
und schaff dir goldne Schätze

Verwische deine Spuren
und werde hundert Huren,
denn Huren kann man brauchen,
um Liebe auszurauchen.

Und siehst du Hindernisse
in der Geschäftskulisse,
dann mußt du alle töten,
zertreten und verlöten.

Bewerbe Konsumenten
und brate Konkurrenten!
Sie schmecken ganz passabel
mit einer spitzen Gabel.

Und steht dir ein Kollege
in irgendeinem Wege,
dann mußt du ihn zerbrechen,
erwürgen und erstechen.

Und ist es ein Verwandter,
sei ja nicht toleranter!
Auch Töchtern oder Söhnen
muß man das abgewöhnen.

Und wirst du langsam älter,
vernichte die Gehälter
und köpfe dein Gesinde
und streu es in die Winde!

Und setze dich zur Ruhe
auf deiner edlen Truhe!
Hab keine Angst vorm Tode!
Dein Tod ist nicht in Mode.

Die Kunst

Da wundert man sich über gar nichts mehr!
Es liegen mir Dornen zu Füßen,
und der Fürst von Trabant und die Bundeswehr
lassen mich herzlich grüßen.

Und mein Nachbar hat meine Schulden bezahlt,
und der Papst wurde heute ertränkt,
und der Fink und der Funk und der Staatsanwalt
haben mir einen Goldfisch geschenkt.

Und ein Pferd hat genau vor der Oper gekotzt,
und ein Löwe hat's aufgefressen.
Eine schöne Frau hat mich angeglotzt
und mich dann als Nachtisch gegessen.

Und die Blumen und Bäume blühen in pink
und die Nachtigallen in blau.
Meine Frau wurde plötzlich ein Schmetterling
und ein Schmetterling meine Frau.

Da hab ich gerufen: Das ist alles so schön!
Paßt auf, daß es nicht wieder kracht!
Und blutüberströmt blieben alle stehn
und haben mich ausgelacht.

Die Maschine

Da kann man machen, was man will,
da kann man schweigen, tief und still,
da kann man schreien laut und schrill,
sie sind auf Reisen.
Da kann man bluten, bleich und rot,
da kann man lächeln wie der Tod,
sie bleiben fern in ihrem Boot
aus dickem Eisen.

Sie stochern Öl und graben Pech
und schleifen Harz und pflügen Blech
und schwitzen Fleisch und klirren frech
mit ihren Ketten.
Sie heucheln da und lügen dort,
sie atmen Dreck und planen Mord,
das heißt, sie sind mit einem Wort
nicht mehr zu retten.

Sie sind Professor und Soldat,
Equilibrist und Demokrat,
und sie besitzen ein Mandat
als Konkubine.
Und eines Tages, fürchte ich,
entdeckt man mich versehentlich
und kommt hierher und schleudert mich
in die Maschine.

Das Essigfach

Ich leg meinen Sohn in das Essigfach
zu den Binsen und Monologen.
Er behauptet, ich hätte ihm nach und nach
sämtliche Worte entzogen.

Was immer er gegen mich sagt, wird stumm
oder bleibt in der Luftröhre picken.
Wenn er sagt, daß ich lüge, kehrt das Wort um,
und er muß fast dran ersticken.

Er sagte, ich hätte ihm wehgetan,
ihn die Treppe hinuntergeschmissen,
und da stieg dieser Satz auf den Backenzahn
und hat ihn in die Wange gebissen.

Er sagte, ich liebte ihn nicht, und das Wort
Liebe schlug Feuer im Munde.
Kurz, er spricht von mir, und der Satz verdorrt
und hinterläßt eine Wunde.

Ich leg meinen Sohn in das Essigfach
zum Schwamm und zum Terpentin.
Vielleicht wird er eines Tages wach
und versteht meine Sorge um ihn.

Das Ende

Er hatte den gestrigen Tag gesucht,
da stieß er auf übermorgen.
Nun wurde der Reiseplan umgebucht
und er ging, seine Sorgen entsorgen.

Er fand seine Sorgen im Wasserhahn,
ganz tief unter seinen Pupillen,
dort flossen sie nach Afghanistan
und waren nicht mehr zu stillen.

Er gab's also auf und sah sich um,
da fand er auch Sorgen im Munde,
die sprudelten um seine Zähne herum
und vergossen zwei Liter pro Stunde.

Er fand Sorgen im Bauch und auch in der Brust
und sogar in der Niere und Galle.
Da sprach er zu sich: Ich hab's immer gewußt,
aber jetzt vernichte ich alle.

Und er holte ein großes Löschpapier
und löschte die guten Gedanken.
Dann sprach er: Ich bin der Herrscher hier!
Und er sah, wie die Sorgen versanken.

Er sah auch, daß andere Leute erfroren
und daß es ihn weiter nicht störte.
Da fühlte er sich wie neu geboren
und auf tausendjähriger Fährte.

Er schüttelte sich wie ein zottliger Bär,
wie ein alter germanischer Drache
und reckte sich hoch, als wäre er wer,
und schmetterte: Deutschland erwache!

Nachwort

Ich zitiere wieder einmal: »Woher weiß ich, was ich denke, bevor ich es geschrieben habe?« (Oswald Veblen)

Andererseits denke ich ja nicht logisch, Logik ist eher ein Hindernis für mich. Wer logisch denkt, hat Unrecht. Wer logisch denkt, muß hart arbeiten, um möglichst viel materiellen Erfolg zu haben, auch wenn das auf Kosten anderer geht. Wer logisch denkt, lebt in einer präfaschistischen Zeit, und für Künstler ist es besonders gefährlich, logisch zu denken.

Der Künstler ist umgeben von erfolgreichen Dilettanten, die logisch denken, nicht nur in der Kunst, sondern in jedem Lebensbereich, auch im Journalismus, im Handwerk, in der Politik, und er sieht auch, wohin das führt, nämlich zur Anhäufung ungeheuren Reichtums auf der einen und unerträglicher Armut auf der anderen Seite. Wenn jetzt sogar der Künstler auch logisch denkt, muß er zwangsläufig diese Zustände tolerieren. Er lebt dabei ja nicht schlecht. Er wird zwar nicht reich wie manche verblüffend geschickte Dilettanten, er muß sich gelegentlich anpassen, kommt nicht in den Genuß teurer Werbekampagnen, hat demnach kein verführtes Massenpublikum, wird da und dort boykottiert, muß herablassende Kritiker ertragen, aber er hat sein eigenes kleines Publikum, darf unterrichten oder ähnliche Neben- und Hauptbeschäftigungen ausüben, kurz, er kann sich nicht wirklich beklagen, er hungert nicht. Man hat ihn erfolgreich ruhig gestellt, man toleriert ihn, also warum soll nicht auch er tolerant sein!

Außerdem muß er zugeben, daß ihn manchmal der Neid plagt. Auch er würde gerne im Scheinwerferlicht prangen, wie die Dilettanten, Preise bekommen, Interviews geben, Teil der üppigen Gesellschaftsschicht sein. Aber er kann sich nicht gut in Szene setzen, und die Herrschaften wollen auch gar nicht, daß er sich in Szene setzt, sie haben genügend anderes Menschenmaterial. Also Toleranz. Warum nicht? Der Künstler kann sich seiner Nische widmen, und er ist ja nicht erfolglos, auch wenn ihm das, was man heute »Erfolg« nennt, versagt bleibt.

Die Alternative wäre Kampf: Schonungslos die heutigen Zustände anprangern und warnen. Denn man kann doch wohl nicht daran zweifeln, daß wir in eine unangenehme Zukunft schliddern, um es gelinde auszudrücken. Es ginge also darum, den Leuten die Augen zu öffnen, die gegenwärtige Unrechtswelt zu verurteilen, um sie zu verändern oder gar auszuradieren.

Es gibt aber auch eine unlogische Alternative, und das ist der Mythos. Der Mythos toleriert das kapitalistische System nicht, er ignoriert es. Er bekämpft es, indem er die Mythologie anerkennt, die Rätsel der Schöpfung, und er bemüht sich, diese Rätsel zu lösen, nicht naturwissenschaftlich, sondern durch Erkenntnis. Er fragt: Warum benimmt sich der Mensch in einer Weise, die ihm letztlich zum Nachteil gereicht? Oder: Ist es wirklich ein Nachteil? Wir wissen es nicht. In diesem Sinn habe ich die unbeabsichtigten Gedichte geschrieben.

Sie sind also nichts für logische Denker, die konkrete Lösungsvorschläge suchen. Sie sind auch nicht tröstlich, es lag mir fern, zu sagen, finde dich ab, du kannst ja doch nichts ändern. Einige sind autobiographisch in der Annahme, daß andere Leute dieselben Probleme haben wie ich. Es sind einfach Gedichte, die ich geschrieben habe, um zu wissen, was ich denke, siehe oben.

Freilich entsteht dadurch eine gewisse Ausweglosigkeit, ein Negativum, aber es gibt so viele Ausweglosigkeiten im Leben, da hat man ein Kind gehabt, alles für das Kind getan, gehofft, geopfert, geliebt, und nach zwanzig Jahren rennt das Kind weg und will nichts mehr von dir wissen. Ausweglos! Da hat man – ich – ein Theaterstück geschrieben, ein Jahr lang geändert, verzweifelt, geblutet, nach weiteren fünf Jahren führt es endlich ein Theater auf, zwei Kritiker sind schlecht gelaunt, und dann will es kein weiteres Theater haben. Ausweglos und – das darf man nicht vergessen – ein Mythos. Wieso denkt das Kind so unverständlich? Warum will kein Theater das Stück spielen, wenn es gut ist und vom Publikum gefeiert wurde?

Wir sind von Mystik umgeben, von einem Gott, der seine eigenen Ideen hat, nicht unsere, wahrscheinlich bessere und vielleicht sogar zu unserem Vorteil, und wir ahnen es nicht. Nach Auschwitz kann man kein Gedicht mehr schreiben, hat Adorno gesagt. So ein intelligenter Mensch und so ein Unsinn! Als ob Auschwitz oder Gedichte auf unserem Mist gewachsen wären!

Wer mythisch denkt, hat wenig Verständnis für Macht oder überflüssiges Geld, wer hingegen logisch denkt – ein gutes Beispiel für einen logischen Denker ist der frühere amerikanische Außenminister Henry Kissinger, an dem die verhängnisvolle Macht, die Adolf Hitler auf ihn und seine Familie ausübte, offensichtlich spurlos vorübergegangen ist. Kissinger setzte sich zeit seiner eigenen politischen Macht überall über die Menschenrechte hinweg, unterstützte faschistische Diktatoren wie Peron in Argentinien oder Pinochet in Chile, befahl Bombardierungen in Vietnam und Kambodscha und erhielt dafür groteskerweise den Friedensnobelpreis. Auch ein Rätsel, das wir nicht lösen können, denn wenn wir Kissinger einfach als Schwein bezeichnen, ist das keine Lösung. Er hat logische Schlüsse gezogen, wollte nicht wieder ein Opfer sein und begab sich statt dessen zu den Henkern. Was ist dagegen zu sagen, wird man mir entgegenhalten, wir leben nun einmal in einer Welt von »du oder ich«.

Logisch denkende Menschen halten ihre Mitmenschen für überflüssig, daher auch Kunst für überflüssig, Dilettantismus hingegen dient ihren Zwecken. Theaterkritiker sind meistens logisch denkende Menschen. Es stört sie nicht, daß die Jugend heute keinen Klassiker im Original sehen kann, sondern nur in der unerheblichen und arroganten Interpretation oder »Bearbeitung« eines Dilettanten. Andererseits haben die es so weit gebracht, daß auch die junge Generation in dieser Beziehung logisch denkt. Ein Theaterstück bedeutet nicht viel für sie außer Abendunterhaltung, wie in einer Disco, man muss ja seine Freizeit irgendwie zubringen. Diese Mißachtung der Kunst ist schmerzlich. Wie konnte es dazu kommen?

Wer Kunst versäumt, verschenkt nicht nur einen wichtigen Bestandteil seines Lebens, sondern leistet auch Vorschub für eine Veränderung der Gesellschaft, die meistens mit Blutvergießen verbunden ist. Der Mensch braucht Kunst, das hat sich immer wieder erwiesen, nicht zur Unterhaltung, da kann er auch zum Pferderennen gehen, sondern weil sie ein

Teil seiner selbst ist. Und wenn er sie nicht kriegt, versucht er, sie irgendwie zu ersetzen, oft durch Gewalt. Er wehrt sich. Was vor allem fehlt, ist der Respekt vor den toten Meistern, man respektiert lieber die Tüchtigen.

Mit den Gedichten in diesem Buch haben diese Klagen über die heutige Welt aber nur wenig zu tun. Sie sind ja nicht kämpferisch oder resignativ, sie entstanden aus einer anderen Weltanschauung. Ich habe niemanden um Erlaubnis gebeten, daher haben sie auch mit Esoterik nichts zu tun. Sie sind weniger schöpferisch als interpretativ, eher naiv, Träume eines Schauspielschülers, die der Berufsschauspieler vergessen hat. Sie sind ja auch nicht wirklich von mir, sie gehen am Ziel vorbei.

Ich befand mich in einem mir fremden Land, vergleichbar vielleicht mit China oder Indien, war aber kein Tourist, sondern beruflich gekommen, eben um ein paar Gedichte zu schreiben. Kontakte mit Europa oder gar Amerika waren verboten. Ich hatte einen chinesischen oder indischen Führer, der sehr nett zu mir war und leise Vorschläge machte, wobei er immer wieder betonte, daß ich frei war zu schreiben, was ich wollte. Das Land selbst war gar nicht nett. Seine sogenannten Sehenswürdigkeiten wurden vor allem von Schulklassen besucht. Der Rest bestand aus Wohnblöcken mit Einheitswohnungen. Die Menschen in den Straßen waren ziemlich einheitlich gekleidet, Farbe grau, und ich durfte mit ihnen sprechen und Fragen stellen. Fast alle sagten, daß sie sich zwar ein besseres Leben vorstellen könnten, aber trotzdem nicht unzufrieden seien, sie würden ihr Land jederzeit todesmutig verteidigen. Sie hatten auch andere Länder bereist, diese aber nicht ernst genommen.

Ich versuchte, ihnen etwas über Hitler und Stalin zu erzählen, denn sie hatten diese Namen nie gehört, und zu meiner Überraschung waren sie begeistert von meinen Erzählungen und bedauerten, daß in ihrem Land keine so großen Männer tätig wären. Wenn ich dann sagte, daß diese Männer schreckliche Kriege angezettelt hätten, lächelten sie und glaubten mir nicht. Sie waren auch neugierig, daher erzählte ich ihnen Dinge aus meinem eigenen Leben und erwähnte dabei den Antisemitismus. Das war sinnlos, denn sie verstanden ihn nicht, fragten, warum die Juden sich nicht gewehrt hätten und in welcher Beziehung sie denn anders gewesen seien. Ich gab es bald auf, denn allmählich begannen sie, die Juden mit Terroristen zu verwechseln und meine Widersprüche fielen auf unfruchtbaren Boden. Generell konnten sie mein Leben nicht nachempfinden, und heute bin ich ganz froh, daß ich nicht mehr in diesem Land bin. Die Gedichte sind zu Ende geschrieben.

Aber bin ich wirklich froh? Ich bin nach wie vor von Fremdheit umgeben, man liest mich mit Skepsis, ich bin ja nicht ein Österreicher, der über seine Potenzschwierigkeiten schreibt. Wenn ich die Vergangenheit erfinde, denkt mein Leser über die Zukunft nach. Wenn ich die Gegenwart übergrüble, hadert mein Leser mit meinem Judentum. Zu des Neofaschisten Jörg Haiders Begräbnis kamen der österreichische Bundespräsident und der österreichische Bundeskanzler. Ich weiß, der jüdische Bundeskanzler Kreisky wäre auch dort gewesen, Mythos kennt keine Grenzen. Stirbt ein Jude, geht man trotzdem zu seinem Begräbnis, stirbt ein Antisemit, geht man mit dem Gefühl einer gewissen Gemeinsamkeit hin, Gemeinsamkeit nicht mit Antisemitismus, ich unterstelle den österreichischen Politikern nichts dergleichen, die Gemeinsamkeit, die ich meine, bezieht sich auf das

Österreichertum. Der Jude ist ja ein Fremder, kein Österreicher, und natürlich auch kein Deutscher.

Unter den Nationalsozialisten war der Jude kein Fremder, sondern ein Fremdkörper. Das ist ein großer Unterschied. Meine Eltern waren, auch in den Augen der Antisemiten, eine österreichische Krankheit, die ausgewiesen oder ausgemerzt werden mußte. Heute wären sie Fremde, auf die man Rücksicht nehmen muß, denn sie sind ja »schließlich Menschen«. Bei antisemitischen Amerikanern ist es wieder anders, kein amerikanischer Antisemit würde bestreiten, daß ein amerikanischer Jude ein Amerikaner ist, ein widerlicher, ein minderwertiger Amerikaner, aber kein Fremder, wie in Österreich. Wer ein Buch des jüdischen Autors Philip Roth liest, liest das Buch eines Amerikaners. Wer mein Buch liest – was bin ich eigentlich? Ich weiß es bis heute nicht, aber das liegt nicht an mir, sondern – ich wäre gerne irgendwas.

Ich glaube, es ist üblich, daß sich der Autor im Nachwort bei den Leuten, die ihm eine Hilfe waren und »ohne die das Buch nicht zustande gekommen wäre«, bedankt. Daher bedanke ich mich bei meiner Frau, der Schauspielerin Barbara Peters. Sie hat das Buch gelesen und sofort begriffen, daß es aus Java oder Brasilia kommt. Sie ist auch wahrscheinlich der einzige Mensch, der mich nicht für einen Fremden hält, weil sie mich liebt. So eine Liebe ist etwas ganz Seltenes, und wenn man sie, wie ich, erwidern kann, wird sie noch seltener. Auch ich lese Barbaras Bücher, obwohl sie gar keine schreibt, und weiß sofort Bescheid. Sie weiß, daß ich kämpfe, während ich schreibe, und sie fängt mich auf, nicht indem sie liest und kommentiert, sondern indem sie mich auffängt. Ohne ihre Hilfe, ohne Barbara, wäre dieses Buch nicht zustande gekommen.

VERBRECHER VERLAG

Charlotte Grasnick

SO NACKT AN DICH GEWENDET

Gesammelte Gedichte

Mit 14 Zeichnungen von Dieter Goltzsche

Herausgegeben von Benjamin Stein

ca. 200 Seiten
Hardcover
21 €

ISBN 978-3-940426-47-5

Originalausgabe

Charlotte Grasnick, die im April 2009 verstarb, hat ein bedeutendes lyrisches Werk hinterlassen. Die Liebesgedichte sind dabei das Rückgrat ihres Werkes. Entstanden über Jahrzehnte zeichnen sie die Geschichte einer intensiven Begegnung nach – vom ersten Kennenlernen über die Leidenschaft und mitunter schwierige Ehejahre bis hin zu einer späten Aussöhnung, vor allem mit sich selbst. Das Gespräch mit dem Geliebten ist dabei oft Gespräch über Geliebtes: Bilder und Musik, Theater und Dichtung. Ohne Perücken und Masken. Nackt ans Leben gewendet dringt hier eine Dichterin zum Kern der Dinge vor. »Das Gedicht ist die Zeit / unserer mühsamen Wege.«

Charlotte Grasnick (1939–2009) wuchs als Tochter eines Universitätsprofessors in Thüringen auf. Nach dem Gesangsstudium in Dresden war sie unter Felsenstein als Altistin im Chor der Komischen Oper. Sie war verheiratet mit dem Lyriker Ulrich Grasnick. Neben drei veröffentlichten Lyrikbänden hinterließ sie ein Prosamanuskript und an die 2000 handgeschriebene Seiten mit zumeist noch unveröffentlichten Gedichten.

»Das Episodische mochte Charlotte Grasnick nicht, dafür strich sie das Subjektive heraus. Nichts klingt profan, aber auch nichts pathetisch. Sie war strikt in der Selbstbefragung.«
Ingeborg Ruthe / Berliner Zeitung

Verbrecher Verlag | Gneisenaustraße 2a | 10961 Berlin | info@verbrecherei.de

www.verbrecherei.de

VERBRECHER VERLAG

Leonhard Lorek

DANEBEN LIEGEN

Poetisches Krisenpapier

144 Seiten
Hardcover
19 €

ISBN 978-3-940426-30-7

Leonhard Loreks Gedichte und poetische Prosatexte zeichnet eine »klare, knappe Sprache« (Berliner Zeitung) aus, die den Leserinnen und Lesern mitunter den Boden unter den Füßen wegreißt. Lorek kann ganz ohne Wortgeklingel die Weltwahrnehmung erschüttern. Und treffen: »Gedichte sind ein brauchbares Mittel, jedwedem Seelenelend beizukommen. Sie helfen einem, sich selbst zu ertappen, Unausweichlichem den Status der Konsequenz zuzugestehen, sich zu verhalten. Gute Gedichte sind wie gute Therapeutinnen, Analytiker; was sie von diesen unterscheidet, ist zweierlei: Zum einen tritt ihr Unterhaltungsfaktor anders in Kraft und zum anderen sind sie unbezahlbar.«

Leonhard lorek lebt und arbeitet als Autor, Musikjournalist und Musiker in Berlin. Er veröffentlichte Erzählungen, Gedichte und Essays in zahlreichen Literaturzeitschriften und Anthologien. 1958 in Zabrze, Polen, geboren, gehörte Leonhard Lorek in den 80ern zu den wichtigsten Exponenten der Dichterszene vom Prenzlauer Berg; die von ihm initiierte und mitherausgegebene subkulturelle Publikation »schaden« gilt heute als legendär. Als Textautor und Musiker war er an Bands wie »z.art«, »teurer denn je«, »fett«, »la deutsche vita« und »Deut« beteiligt.

»Es ist an der Zeit für Lorek!«
Johannes Jansen

Verbrecher Verlag | Gneisenaustraße 2a | 10961 Berlin | info@verbrecherei.de

www.verbrecherei.de

VERBRECHER VERLAG

Nino Haratischwili

JUJA

Roman

ca. 350 Seiten
Hardcover
24 €

ISBN 978-3-940426-48-2

Beruhend auf einer wahren Geschichte stellt die erfolgreiche Theaterautorin Nino Haratischwili in ihrem ersten Roman die Frage nach Authentizität. Das Buch »Die Eiszeit« von Jeanne Saré wird in den Siebziger Jahren ein großer Verkaufserfolg, vor allem in feministischen Kreisen. Das hasserfüllte Buch der jugendlichen Selbstmörderin Saré animiert mehrere Leserinnen zum Suizid. Nun, in der Jetztzeit, macht sich eine Kunstwissenschaftlerin in Paris auf die Suche nach Saré. Was hat der Verleger des Buches, ein frauenhassender älterer Herr mit Saré zu tun? Wer war Jeanne Saré eigentlich? Warum gibt es keine Zeugnisse? Und wie konnte das Buch derart wirken? Nino Haratischwili verknüpft geschickt mehrere Erzählstränge in diesem Roman, und beschreibt auf schwindelerregende Weise, welche Bedeutung das Reale und das Irreale für das soziale Leben haben können.

»Nino Haratischwili ist eine begabte Geschichten-Erzählerin. Ihr gelingen dichte, berührende Momente.« Hamburger Morgenpost

Verbrecher Verlag | Gneisenaustraße 2a | 10961 Berlin | info@verbrecherei.de

www.verbrecherei.de

VERBRECHER VERLAG

Rudolf Lorenzen

RHYTHMEN, DIE DIE WELT BEWEGTEN

Geschichten zur Tanz- und Unterhaltungsmusik 1800 bis 1950

ca. 350 Seiten
Hardcover
28 €

ISBN 978-3-940426-28-4

Die Geschichte unserer Hörgewohnheiten wird neu aufgerollt, und es zeigt sich: Schon 1890 gab es eine aufgeregte Popmusikwelt! Rudolf Lorenzen bietet in seinem Buch eine unterhaltsame Tanzgeschichte in Tanzgeschichten. Der Walzer, der Tango, die Polka und sogar der Marsch werden besprochen, ihre Entwicklung wird nachgezeichnet, ebenso wie die Reaktion der Menschen auf die neuen Tänze und Musikstücke. So werden Lieder Mode: »Ernst Décsey entdeckt im Walzer eine Philosophie. Sie ist kurz und besteht nur aus drei Wörtern: ›Heut' ist heut'! Der Walzer ist zur Kürze verurteilt. Theodor Fontane schreibt: ›Etwas Hübsches, diese Walzer, sie machen ein Dutzend Menschen für eine Stunde glücklich.‹ Und doch: In die Kürze seines flüchtigen Lebens legt der Walzer auch einen Hauch von Weltschmerz. So wandert er durch Europa. Oft verweilt er und nennt sich Valse mélancolique, sentimentale, élégiaque und oubliée - vergessener Walzer.« Lorenzen, der schon etliche Hörstücke und Filme zum Thema verfasst hat, erweist sich in diesem Buch erneut als intimer Kenner der Materie.

»Die deutsche Nachkriegsliteratur wäre ohne ihn, den heute hochbetagt in Berlin lebenden Rudolf Lorenzen eindeutig ärmer, vor allem: humorloser.«
Knut Cordsen / Bayerischer Rundfunk

Verbrecher Verlag | Gneisenaustraße 2a | 10961 Berlin | info@verbrecherei.de

www.verbrecherei.de

VERBRECHER VERLAG

Rudolf Lorenzen

PARADIES ZWISCHEN DEN FRONTEN

Reportagen und Glossen aus Berlin (West)

240 Seiten
Broschur
12 € (24 SFr)

ISBN: 978-3-940426-29-1

Heute lesen wir wieder vermehrt von Berlin (West), wie die »Insel« hieß, die Frontstadt inmitten der DDR. Und es gibt auch wieder eine Sehnsucht nach der alten Zeit, in der Berlin (West) ein bleibendes Provisorium war. Eine Teilstadt mit vielen, durch die Weltpolitik bedingten Ausnahmefällen, in der sich Künstler, Musiker und Schriftsteller tummelten, die glitzerte und glänzte, und doch eng war wie ein Dorf. Sie wurde Engländern, Amerikanern und Franzosen eine zweite Heimat und blieb doch auch piefig, bekam Geld und hatte doch keins. Rudolf Lorenzen, der für diverse Zeitungen als »Boulevardier« durch die Stadt flanierte, ließ sich von der Frontstadtpanik nicht anstecken, wohl aber von der Euphorie der Künstler. In diesen erstmals in Buchform versammelten Reportagen und Glossen genießt man einen unverstellten Blick auf jenen Teil Berlins, der vor zwanzig Jahren verschwand.

Wer etwas über das Selbstverständnis von West-Berlin, das dort herrschende Lebensgefühl und die Themen erfahren möchte, die die Stadt in den späten sechziger und frühen siebziger Jahren bewegten, der sollte zu den Reportagen und Glossen von Rudolf Lorenzen greifen.
Kai Agthe / Thüringische Landeszeitung

Verbrecher Verlag | Gneisenaustraße 2a | 10961 Berlin | info@verbrecherei.de

www.verbrecherei.de

VERBRECHER VERLAG

Chaim Noll

DER GOLDENE LÖFFEL

Roman

256 Seiten
Broschur
13 €

ISBN: 978-3-940426-21-5

Ein junger Mann in der DDR in den Siebziger Jahren. Sein Vater ist Funktionär, es geht ihm überdurchschnittlich gut, dass die Ehe der Eltern bröckelt, interessiert ihn kaum. Er verbringt die Tage im Haus der Künstlerfamilie seiner Freundin, die Mutter zieht Strippen von Ost nach West. Alle haben sich eingerichtet. Doch bald kommt dem jungen Mann die Liebe dazwischen, und Fragen stellen sich ihm, die ihn zu etwas ganz anderem werden lassen als einem hoffnungsvollen und begeisterten Kandidaten der Partei ... Chaim Noll zeichnet in diesem erstmals 1989 erschienenen Roman ein schauriges Panorama der untergehenden DDR. Er erzählt von den Vergünstigungen der Parteifunktionäre, aber auch von ihren Ängsten, Beklemmungen und dem Willen, sich zu widersetzen. Von den Mechanismen, die Menschen zerstören, sie in Paranoia, in den Alkohol, ins Mittläufertum drängen – nicht nur in der DDR.

Der Roman »Der goldene Löffel« von Chaim Noll erschien im September 1989 in Westdeutschland und prophezeite das baldige Ende der DDR. Der kleine Verbrecher Verlag aus Berlin hat ihn nun pünktlich zum Jubiläumsjahr 2009 wieder veröffentlicht. In den deutschen Feuilletons wartet man seit Jahren ungeduldig auf den »großen Wenderoman«. Vielleicht aber erzählt uns dieser höchst spannende und mit Blick auf kleinste Nuancen geschriebene »kleine Wenderoman« schon das Meiste, was man wissen muss. Ulrich Gutmair / fluter.de

Verbrecher Verlag | Gneisenaustraße 2a | 10961 Berlin | info@verbrecherei.de

www.verbrecherei.de

VERBRECHER VERLAG

Elfriede Czurda

UNTRÜGLICHER ORTSSINN

204 Seiten
Broschur
14 € (28 SFr)

ISBN: 978-3-940426-31-4

Elfriede Czurda folgt ihrem Gespür für Orte in diesem Buch, lässt sich, als gezielt Umherstreifende, treiben, begegnet dem Ort der Kindheit ebenso wie dem Berlin, in dem sie lange Jahre Zuflucht vor der »Heimat« nahm. Sie lässt ihre Figuren am Flughafen auf Odysseus warten, in Yokohama und vorm Fernseher, der das Testbild zeigt. Sie nimmt die Spur der Opfer und der Täterinnen und Täter auf, spaziert durch die Literatur, den Literaturbetrieb und durch die Welt dahinter. Die hier zusammengetragenen Arbeiten sind Streifzüge durch kleine, nicht selten abseitige physische und psychische Örtlichkeiten, die in der größeren Prosa Czurdas keinen Platz finden, frühere Auftragstexte und viele neue kleine Prosastücke, die sich dem Umstand allzuvieler Bewegung zwischen Orten (in den Jahren der Übersiedlung von Berlin nach Wien und Japan) verdanken. Wertvolle Nuggets – ob nun als kleine Essays oder als kurze Erzählungen getarnt.

Verbrecher Verlag | Gneisenaustraße 2a | 10961 Berlin | info@verbrecherei.de

www.verbrecherei.de